Je reviens

Didier Schuller

Je reviens

Flammarion

ISBN : 2-08-068362-4

À la mémoire de ma mère,
Erna Rosenthal.

À mes enfants,
Lauren, Daphné, Clara et Antoine.

PEDIGREE

La récolte de raisin de 1947 a marqué le siècle dernier. Ce sera un grand cru. Elle m'a aussi permis de voir le jour dans une famille marquée par les deux guerres mondiales et dont la mixité religieuse et sociale ne s'est jamais apaisée jusqu'à la disparition de ma mère.

À ma droite, les Schuller : catholiques, plutôt réactionnaires, dont l'ancêtre dénommé « Brin d'amour » est mort à l'Hôtel des Invalides après avoir servi loyalement la royauté française jusqu'en 1753. Mon grand-père, Julien, payeur général des armées dans les années vingt, idolâtre Pétain, le héros de Verdun, qui règne alors à l'État-Major. Il mettra trois ans pour se déganter lorsqu'il saluera ma mère. Les Schuller habitent autour de Bourg-la-Reine depuis la Révolution. Mes deux sœurs s'identifient à cette branche et confirmeront ce choix par leur mariage.

Pourtant, de cette bourgeoisie dont la mentalité est aussi restreinte que le mode de vie, mon père aura été l'exception en épousant la fille d'une vieille famille juive allemande.

À ma gauche, les Rosenthal, implantés dans le ghetto rhénan de Francfort. Ils sont issus du Grand rabbin Meier de Rottenburg qui expira dans les geôles de Frédéric Barberousse, pour avoir eu l'idée saugrenue de ramener ses ouailles en Palestine au XIVe siècle.

Dans l'Allemagne bismarkienne, leur fortune, lentement amassée depuis le Moyen Âge, va leur permettre de s'intégrer à l'élite. Ma mère, jeune diplômée, sera en 1922 l'assistante du banquier Hjalmar Schacht, qui sera jugé (et acquitté) à Nuremberg après avoir dirigé les finances d'Hitler.

Son frère possède en 1933 l'une des plus importantes charge de notaire-avocat de Francfort.

Tout en héritant des Schuller leur patriotisme cocardier, je me suis imprégné de l'ouverture d'esprit et du goût pour les idées des Rosenthal. J'ai hérité de leur recherche permanente du raffinement, de leurs habitudes de luxe.

Le début des années cinquante, qui correspond à mon éveil au monde extérieur, c'est encore le temps des sleepings du Train Bleu qui vous bercent jusqu'à l'Hôtel du Cap, à Antibes. Ce sont les traversées dans les transatlantiques pour rejoindre à New York les rescapés familiaux de l'Holocauste.

Le ski est un sport réservé à de rares élus, comme la chasse au grand gibier non réglementée. Mon père gare sans difficulté sa 15 CV Citroën au pied de notre appartement à la Muette. C'est la seule voiture de la rue !

J'ai passé toutes mes vacances en Suisse, arpentant

les chemins de montagne balisés en été et dévalant les pentes de Saint-Moritz ou de Davos l'hiver.

La lente et irréversible dégradation de la vie des élites m'a donc touché de plein fouet. Le ski, où il faut se munir de rétroviseurs pour éviter la collision avec les snowboards, la chasse où les contrôles administratifs des agents des Eaux et Forêts permettent au gibier de se gâter sur les lieux de tir, puisqu'il faut attendre parfois douze heures pour établir un constat, ne sont plus ce qu'ils étaient. Enfin, les palaces ont perdu toute classe : là où le service d'étage à trois heures du matin dépêchait un maître d'hôtel pour flamber des scampi au cognac, on vous livre des sandwiches insipides, décongelés sous cellophane.

Edgar Faure fut mon maître en politique. Ses déjeuners habituels à la terrasse de chez Laurent ressemblaient à des consultations professionnelles. Il n'est plus et, de ce monde du siècle passé, certes inégalitaire et arrogant, je garde une telle nostalgie que Saint-Domingue, je l'avoue, m'a apaisé. Il n'y existe pas de mises en examen pour trafic d'influence lorsqu'un maire utilise sa voiture de fonction en week-end !

I

LES ILLUSIONS PERDUES

DESTINS CROISÉS

La prison, c'est d'abord le bruit, celui des serrures et des verrous des portes de cellule qui, tout au long de la journée, seront ouvertes et fermées au rythme imposé par les gardiens.

De cinq heures du soir à sept heures du matin, vous êtes bouclé. La seule présence humaine, en dehors des deux rondes nocturnes, vient des cris et des hurlements poussés par des détenus.

Les pires, les plus pathétiques, souvent irréels, parfois bestiaux, montent du pavillon des « agités », situé non loin du couloir où je loge et où sont regroupés les « privilégiés ».

Seule possibilité pour atténuer, dès que la nuit tombe, cette agression sonore : la télévision. Elle couvre les beuglements, à chaque crépuscule, jusqu'au moment où les sédatifs agissent enfin. Les malheureux prisonniers « à problèmes psychiatriques » se tairont en sombrant dans un sommeil médicamenteux.

Alors tombe sur l'établissement pénitentiaire, dit « Maison d'arrêt de la Santé », un silence absolu. Si aucun agité ne se manifeste au milieu de l'obscurité, le calme règne et vous protège.

Devenu par obligation un téléspectateur assidu, je retrouve l'une après l'autre de vieilles connaissances.

Un ami de lycée

Ce soir, Laurent Fabius, auréolé de son élégance naturelle et vestimentaire, jongle avec les paramètres de l'économie mondiale et nationale. Je me revois soudain en sa compagnie, dans la cour du lycée Janson-de-Sailly où, jeunes adolescents « aisés » du XVIe, nous dissertions des formes attirantes de nos futures proies des Oiseaux et de l'Institution La Tour.

J'ai connu Laurent en terminale. Jérôme Lestang, futur gendre d'Edgar Faure, nous avait réunis. C'est toujours lui qui, des années plus tard, nous invite à déjeuner au Cercle Républicain. Fabius vient de rentrer au PS, après avoir hésité. Il bénéficie immédiatement de l'affectueuse protection de François Mitterrand. Le chef de l'opposition de gauche éprouve parfois de la lassitude à côtoyer de manière permanente des professeurs de CES et autres braves militants venus de la Fédération de l'Éducation nationale. Il s'entoure d'une cour de jeunes énarques bon chic, bon genre, trop heureux sans doute de les obliger à frayer, à leur tour, avec des barbus fumeurs de pipe.

L'exposé de Fabius m'endort quand un autre souvenir me revient, surgi du passé : un dîner chez Michel Vauzelle, au début de 1981. Je suis le seul convive à être persuadé de la victoire de Mitterrand à la présidentielle. Non pas à cause de la future « trahison » de Jacques Chirac, poignardant Valéry Giscard d'Estaing – qui ne sera révélée qu'entre les deux tours – mais parce que le président sortant a manifesté son mépris pour la communauté juive après l'attentat de la synagogue de la rue Copernic, le 6 octobre 1980. Il n'a pas jugé utile de revenir d'une chasse à Diebolsheim, en Alsace, chez le comte de Beaumont, pour rendre hommage aux victimes (quatre morts, dont trois « Français innocents », comme l'avait souligné Raymond Barre, son Premier ministre !).

Mitterrand est présent dans la synagogue, accompagné de Jacques Attali. J'étais placé juste derrière lui durant l'office religieux et je revois encore le chapeau noir, à la Borsalino, dont il s'était coiffé.

Giscard, s'est fait représenter par Simone Veil ce qui, après le lapsus de Barre, paraît insuffisant. La communauté juive est meurtrie.

J'ai cherché ce soir-là à convaincre mes interlocuteurs de l'influence des juifs au niveau électoral.

— Leur nombre en France n'est pas proportionnel à leur force de persuasion, ai-je insisté. Vous verrez le résultat des élections et vous serez surpris.

Le dîner s'achève par un pari dont l'enjeu est une invitation au restaurant. Je suis le seul à croire au succès de Mitterrand. Ni son futur Premier ministre, ni son futur garde des Sceaux ne veulent se risquer à jouer le cheval Tonton !

Ma dernière rencontre avec Fabius a pour cadre l'avenue du Général-Leclerc, à Clichy, où il est venu soutenir Gilles Catoire, mon adversaire socialiste. Son cortège défile sur le trottoir opposé. Je distribue des tracts à la sortie du marché couvert. Nous nous saluons d'abord d'un geste, puis chacun franchissant le Rubicon de la circulation automobile, nous nous serrons la main au milieu de l'avenue.

Les coups sourds sur la porte d'une cellule, repris en cadence par d'autres détenus, se transforment en une vague sonore. Elle m'arrache à mon passé et m'éloigne de mon camarade.

Schuller ? Connais pas

Deux jours plus tard, je vois le candidat Chirac au journal du soir de TF1. Patrick Poivre d'Arvor lui demande :

— Connaissez-vous Didier Schuller ?

Il s'attire cette réponse consternante :

— Je ne le connais pas.

Le lendemain, aux Guignols de Canal Plus, apparaît la marionnette de « Super Menteur ». Des photos de Chirac me serrant la main font la une des journaux. Ont-elles été prises à notre insu ?

Je m'interroge encore sur les raisons de ce mensonge.

Dès ma sortie de la Santé, interrogé par Ruth Elkrief à RTL, je suggère la réponse politique que Chirac aurait dû donner à d'Arvor. Élu régional, il était naturel que je rencontre le maire de Paris. Membre du comité directeur du RPR, qu'y avait-il d'anormal à être en relation avec le président de mon mouvement ?

La porte-parole de la campagne présidentielle de Chirac, Roselyne Bachelot, saute sur l'occasion et reprend mes arguments à partir du 5 mars. Mais le mal est fait. Super Menteur survole désormais la campagne présidentielle. Il vient aussi au secours de François Hollande ou de François Bayrou.

Dois-je regretter d'avoir minimisé l'ancienneté de mes relations avec Chirac ? Je souhaitais éviter d'en remettre une couche.

Certains propos tenus à mon sujet par « les valets d'épées » de sa « cuadrilla [1] » m'obligent aujourd'hui à en dire plus.

Je connais Chirac depuis janvier 1971, date à laquelle je suis nommé au cabinet du ministre de l'Agriculture de Chaban-Delmas, Michel Cointat. J'y occupe les fonctions de chargé des relations avec le Parlement. En juillet 1972, remaniement ministériel : Chirac entre au ministère de l'Agriculture. J'en sors pour rejoindre le cabinet de Robert Boulin.

Boulin suicidé ?

Robert Boulin fut pendant près de deux ans mon patron. Je ne pense pas à lui sans émotion.

On se souvient des conditions de sa mort, le 30 octobre 1979. Harcelé par une procédure judi-

1. Ensemble des toreros subalternes placés sous les ordres du matador pour l'assister durant le combat.

ciaire que menait le juge Van Ruymbecke, promis à la célébrité, l'ancien collaborateur du général de Gaulle, devenu l'un des principaux ministres de Giscard, va finir noyé dans un étang de la forêt de Rambouillet. Son « suicide » devient une affaire d'État. Aujourd'hui encore certains s'interrogent et la famille Boulin continue à soutenir qu'il s'agit d'un assassinat.

Ayant côtoyé quotidiennement l'ancien ministre, j'ai mon opinion. Elle s'appuie sur des traits de caractère d'un homme d'exception qui aurait pu devenir le Premier ministre de Giscard s'il n'avait pas acheté, grâce à un intermédiaire douteux, un terrain à Ramatuelle.

Nous passons le week-end à Libourne avec Boulin qui affronte un ballottage difficile. Dans le train du retour, nous commentons avec Colette, son épouse, et Vauzelle [1], la déclaration que le ministre doit faire le soir même. Il occupe un poste politique important dans le cabinet de Pierre Messmer, comme chargé des relations avec le Parlement.

Au milieu de notre conversation, Boulin paraît se rétracter en lui-même. Il soupire :

— Comment puis-je aller ce soir à la télévision pour disserter sur une éventuelle victoire électorale de la majorité, alors que je vais être battu à Libourne ?

À peine a-t-il terminé cette phrase qu'il se met à

1. Il nous accompagnait ce jour-là, bien qu'il ne fût pas membre du cabinet du ministre.

sangloter. En plein désarroi, il s'appuie sur l'épaule de sa femme.

Vauzelle et moi sommes gênés de le voir aussi abattu et quittons le compartiment pour marcher dans le couloir de l'express Bordeaux-Paris. Je laisse passer du temps et, réfléchissant à la manière de calmer le coup de déprime du ministre, je retourne près de lui. Et je lui donne ce conseil :

— À Paris, allez avec Colette au cinéma pour vous détendre. Moi, je file au bureau. Je suivrai les résultats de Libourne. Je reviendrai vous prendre à la fin de la séance. Si c'est favorable, pas de problème. Si vous êtes battu, ce que je ne crois pas, nous aviserons.

Quelques heures plus tard, assuré que Libourne renouvelle de justesse sa confiance à Boulin, je fonce aux Champs-Élysées. La bonne nouvelle le transfigure et c'est un homme plein d'énergie qui rejoint l'Hôtel Matignon pour entamer sa soirée d'explication électorale.

Je me souviendrai de sa défaillance quand naîtra la polémique à propos de son suicide.

Il est certain que l'attitude peu secourable de Raymond Barre, alors Premier ministre, et d'Alain Peyrefitte, garde des Sceaux, déstabilisa Boulin. Comment qualifier une conduite aussi inamicale ? De non-assistance à personne en danger... judiciaire, aurait dit Edgar Faure.

Mais revenons à Chirac...

En avril 1973, j'arrive au cabinet de Pierre Messmer, le Premier ministre, pour m'occuper encore des relations avec le Parlement. Les occasions de rencontrer Chirac sont nombreuses. C'est l'époque où il signe deux cents lettres de courriers parlementaires par séance à l'Assemblée, rythmée d'un incessant battement de jambes qui trahit sa fébrilité irrépressible. En 1974, le destin va nous rapprocher en nous opposant dans la lutte fratricide de l'élection présidentielle.

À la mort de Georges Pompidou, le 2 avril 1974, je suis toujours un des collaborateurs de Messmer. Jacques Chaban-Delmas monte son équipe de campagne. Boulin m'appelle pour que je m'occupe des relations avec les parlementaires.

Je serai obligé de démissionner du cabinet de Messmer au bout de quelques jours, compte tenu de la position ambiguë qu'il prend par rapport à la candidature de Chaban. Mais je vais jouer involontairement un rôle avant de partir.

Un déjeuner réunit autour de Messmer, à Matignon, Giscard, son lieutenant Michel Poniatowski, Pierre Juillet, Marie-France Garaud et Chirac. La décision est prise de soutenir la candidature du chef du gouvernement à la présidence de la République. Le maître d'hôtel qui passe les plats, et nous est fidèle, me raconte ce qui s'est dit. J'en avise dans l'instant Chaban. La décision d'anticiper son annonce de candidature est prise. Elle intervient en plein milieu de l'éloge funèbre du président défunt à l'Assemblée nationale. Et cette précipitation, rendue nécessaire par l'imminence de la déclaration de Messmer, sera largement exploitée par le clan Giscard-Chirac comme une preuve de l'arrogance et du manque de respect de Chaban.

Quelques jours après, Giscard déclare sa candidature.

La guerre est ouverte. Chirac se charge de débaucher au sein du groupe UDR le maximum de parlementaires.

J'estime avoir lutté jusqu'au bout de toutes mes forces pour que l'hémorragie se limite au fameux « Groupe des 43 ». Mes adversaires dans la « chasse aux députés », sont Jacques Toubon et Roger Romani. Boulin s'oppose frontalement à Chirac.

C'est le seul moment de ma vie publique où je serai un adversaire déclaré de celui-ci. Et il m'a fallu des années pour lui pardonner le coup de dague donné à Chaban. Cet acte eut des conséquences énormes pour l'avenir du gaullisme. Si Mitterrand n'empoche la mise qu'en 1981, la division de 1974, que Chirac réactive à son profit en 1976, avec l'Appel de Cochin, dirigé contre Giscard, a affaibli durablement notre camp.

Tout ce pan d'histoire repasse dans ma mémoire à la Santé, en regardant la marionnette grimaçante. Puis je repense à un moment plus chaleureux. Au Conseil général des Hauts-de-Seine, pendant la campagne des législatives de 1993, nous sortons d'un dîner pour rejoindre une réunion d'Édouard Balladur. Chirac emprisonne dans ses bras Christel

Delaval, ma compagne. Elle est grande et, avec des talons, arrive à sa hauteur. Je m'approche, mimant le jaloux d'une pièce de boulevard. Chirac me lance devant Balkany et Sarkozy hilares :

— Toi, va-t'en. Tu n'as rien à faire ici !

L'œil de Papon

J'avais dit à Christel, avant de prendre l'avion de retour pour Paris :

— S'ils me mettent en prison, j'ai des chances de me retrouver nez à nez avec Papon !

Et maintenant, dans un couloir de la Santé, je déambule aux côtés de l'ancien ministre du Budget de Giscard. J'ai même l'occasion de prendre une douche avec lui. J'entrevois de gros œdèmes qui lui mutilent les deux jambes.

Au temps de sa splendeur, lorsqu'il était membre du gouvernement et moi directeur adjoint du cabinet du ministre du Commerce, nous avions chassé l'oie sauvage en Écosse, en compagnie du cousin par alliance de la reine d'Angleterre, l'époux de la princesse de Kent. Aujourd'hui, nous sommes taulards. Il est temps de dévoiler à Papon mes origines :

— Je tiens à vous dire, Monsieur le ministre, que la famille de ma mère est juive. Ma grand-mère fut une des victimes de la « Nuit de Cristal » de 1938. Mon grand-père et ma tante ont été déportés en 1943, à Sobibor, après avoir quitté la Hollande. Ils seront exterminés dès leur arrivée.

Et j'ajoute :

— Avec Robert Badinter[1], je considère votre maintien en détention comme inutile. Je ne crois pas que laisser mourir en prison un homme de quatre-vingt douze ans grandisse la Justice française.

C'est le moment de lui exprimer ma perplexité devant son arrogance et sa maladresse au procès de Bordeaux. Je critique aussi la plaidoirie trop brillante de son avocat. Elle aurait dû être plus factuelle.

— J'ai cru qu'il défendait Pétain devant l'Histoire, alors que vous n'étiez qu'un des cinq cents sous-préfets chargés du sale boulot par Vichy. Espérez-vous une grâce présidentielle ?

L'homme est très âgé mais il garde, malgré sa surdité, une énergie impressionnante. Sa voix ne tremble pas.

— J'attends la décision de la Cour européenne des Droits de l'homme. Quant à Chirac, il était plus amical lorsque j'étais trésorier de l'UDR... À propos, quel était le nom de l'entreprise chargée des travaux de Bity ?

Il a un éclair de malice dans ses yeux bleus.

---

1. Qui a perdu lui aussi une grande partie de sa famille dans l'Holocauste.

DE GAUCHE À DROITE

La défaite de Chaban au premier tour de l'élection de 1974 nous confronte, Vauzelle et moi, à l'impossibilité d'appeler à voter Giscard. Tout nous oppose à ce conservateur hautain, dont la campagne a su, à coup de rumeurs assassines, réduire les espoirs de Chaban à la taille d'une peau de chagrin électorale. On a en effet oublié depuis les tracts anonymes concoctés dans des officines insinuant que l'accident de voiture qui avait tué sa femme était peut-être... un meurtre. Et d'autres gâteries.

Notre décision est prise. Nous choisirons le parti de Mitterrand. Nous en parlons à Chaban. Je me souviens de son pâle sourire lorsqu'il nous dit :

— Je suis, pour ma part, obligé de soutenir Giscard. Quant à vous, faites selon votre conscience.

Nous réunissons l'état-major du Comité national de soutien des jeunes à Jacques Chaban-Delmas (qui servit d'école « d'apprentissage politique » à Renaud Donnedieu de Vabres et à Nicolas de Tavernost) et créons le « Mouvement du 2 mai », en souvenir de la manifestation des jeunes chabanistes qui remontèrent les Champs-Élysées après l'ultime meeting de notre candidat.

Aussitôt les menaces en tout genre se multiplient : lettres anonymes, appels téléphoniques, visite nocturne de notre permanence. Connaissant bien Michel Charasse, secrétaire administratif du groupe socialiste de l'Assemblée nationale, je l'appelle. Il nous fait rencontrer Gaston Defferre, qui met en garde publiquement « ceux qui menacent les jeunes chabanistes ». Il nous fait surtout rencontrer Mitterrand au siège du Parti socialiste.

Un disciple de Machiavel

Vauzelle était mon ami. De méchantes langues me disent qu'il m'aurait rangé au rayon des « pertes et profits », en déclarant m'avoir seulement croisé. Encore un ?

Qu'importe. Je lui dois mon initiation à l'opéra et à la tauromachie et une adhésion commune à l'espérance de la « Nouvelle société », chère à Chaban et à Jacques Delors.

Au début de 1971, je fais la connaissance de Michel. C'est un ancien élève des Jésuites que Sciences Po a affiné et qui entre au cabinet du Premier ministre. Rémi Brusset, fils de Max, ancien chef de cabinet de Georges Mandel puis trésorier du RPF, l'a mis en selle.

Doté d'une belle intelligence, il a un sens aigu de la « navigation politique » telle qu'on la pratiquait à Florence au XVIe siècle. Disciple de Machiavel ou de

Guichardin, il sait tempérer par un humour permanent, qu'il applique à lui-même, son appétit du pouvoir. Je fus déçu du terne passage qu'il fit à la Chancellerie comme garde des Sceaux de Mitterrand.

Ce soir, dans mon lit de détenu à la Santé, je me souviens d'un épisode de notre passé amical. J'avais intégré l'ENA en 1974 et j'étais parti pour un an à Marseille en stage à la préfecture de Région. Je prêtai à Michel notre appartement du boulevard Suchet. Une Autobianchi verte et blanche accompagnait le billet de logement. Elle appartenait à la société de mon beau-père. En bon Normand, il contrôlait les contraventions qu'il recevait. Il m'appela un soir, fou furieux :

— Vous êtes à Marseille ou quoi ? Je viens d'en prendre pour 12 000 francs de contraventions en un mois, et pratiquement toutes rue Princesse. Avez-vous une explication ?

Je me gardai de lui apprendre que le futur ministre de la Justice de Mitterrand était abonné chez Castel.

Ayant courageusement abandonné les cabinets ministériels, il réétudiait le droit pénal. Il fut reconnu comme le meilleur de sa promotion en récoltant le titre de premier secrétaire de la Conférence du stage. Et j'eus l'insigne honneur de lui proposer pour sa plaidoirie de débutant la défense de mon éleveur de chiens de chasse accusé d'avoir vendu un bâtard pour un pure race.

Vauzelle restera au PS et y fera carrière.

Quant à moi, approché par Robert Fabre, président du Mouvement des radicaux de gauche, je trouve dans ce minuscule parti aux senteurs du sud-ouest plus de chaleur et de tolérance pour mes idées gaullistes. La plupart des membres du « Mouvement de mai » m'y suivent, avec notamment Pierre Charon qui siège aujourd'hui au Conseil de Paris, aux côtés d'Édouard Balladur.

Je vais rester trois ans au MRG, y occupant les fonctions de Secrétaire national. Je siégeai avec François Loncle au comité permanent de l'Union de la gauche qui réunissait périodiquement cinq membres dirigeants des trois formations (PCF, PS, MRG) pour préparer les « sommets » de Mitterrand, Georges Marchais et Fabre.

Lanterne rouge à l'ENA

Ma « promenade à gauche » correspond à ma scolarité de l'ENA. Reçu du premier coup, en décembre 1974, j'y serai un élève épisodique, renonçant dès mon entrée à participer à « l'amicale » compétition que les élèves se livrent bec et ongles pour le classement final. Je vais même risquer le redoublement en rendant trois copies blanches en mathématiques, informatique et comptabilité, matières qu'on n'improvise pas et que ma formation scolaire classique (latin, grec) ne m'a jamais incité à travailler.

Un conseil d'administration exceptionnel de l'École se réunit et m'entend lui confirmer que de repasser un an plus tard les mêmes épreuves n'améliorerait pas mes résultats. J'ai la chance d'avoir croisé pendant mes années de cabinet ministériel plusieurs membres de l'aréopage de l'ENA. Ils persuadent leurs collègues de mes aptitudes à la haute administration, malgré mes faiblesses en « techniques appliquées ». Je l'emporte à une très large majorité, malgré l'opposition du directeur de l'École.

Servi par le fait d'appartenir à une promotion où les vocations de servir dans les ministères sociaux sont fortes, je me retrouve au ministère de l'Équipement malgré mon classement de lanterne rouge. Je serai le premier énarque à accéder à la « hors classe » dans le corps des administrateurs civils.

L'ENA m'offrant une grande liberté de temps, je me lance dans une « croisade » de révision du Programme commun de la gauche sur le plan économique. Je dénonce avec quelques années d'avance le côté antédiluvien des nationalisations et autres balourdises bureaucratiques, imposées par les communistes et acceptées par les socialistes.

Fabre est tenté de me suivre dans ma démarche. Mais les accords électoraux, qui lient le MRG au PS et en font un simple appendice, rendent impossible toute indépendance doctrinale.

Ma situation personnelle devient difficile : président de la Fédération de la Sarthe, je suis pressenti par le PC pour prendre la tête de la Communauté urbaine du Mans. C'était une manœuvre pour freiner le développement du PS en m'utilisant comme « supplétif ».

Mon beau-père étant alors un des principaux employeurs de main-d'œuvre féminine dans le secteur de Sablé-La Flèche, il n'apprécie pas la perspective de me voir lever le poing en chantant *L'Internationale*.

Il me convainc de tirer une leçon de mes échecs de réforme du programme économique de la gauche. Je quitte le MRG avant les élections municipales de 1977, non sans avoir eu le plaisir d'y voir adhérer mon compagnon du Racing Club de France, Roger-Gérard Schwartzenberg.

Retour dans les cabinets ministériels

À peine sorti des Radicaux de gauche, je suis récupéré par Olivier Stirn, récemment chargé des Départements et Territoires d'Outre-Mer dans le gouvernement Barre.

Il m'offre, outre le poste de chef de cabinet, la codirection d'un mouvement politique « social-démocrate ». Celui-ci ne vivra que quelques semaines et nous irons nous réfugier au sein du Parti radical, alors propriété privée de Jean-Jacques Servan-Schreiber.

Comme elle était compliquée, la vie d'un jeune énarque du centre gauche ! Ce parcours me valut d'entendre une formule magnifique d'Edgar Faure qui, dans sa salle à manger de l'Hôtel de Lassay, me dit en zozotant :

— Mon zer Zuller, ze ne comprends pas. Vous chanzez tous les zours de parti politique.

Je lui répliquai :

— Ah non, Président, pas vous, et pas ça !

En souriant, il me reprit :

— Z'est vrai, on me traite de zirouette, mais ze n'est tout de même pas de ma faute si le vent tourne.

Ma collaboration avec Stirn m'apprend que la politique, et surtout la création d'un groupuscule centre gauche, lorsqu'un président conservateur se ménage une ouverture vers l'électorat progressiste, est une bonne affaire.

Je passe mon temps à courir d'un tiroir-caisse à l'autre et j'accumule dans le coffre du ministre des espèces sonnantes et trébuchantes distribuées par des donateurs divers : certaines officines du patronat, Matignon et ses fonds secrets, Victor Chapot dont le secrétaire Louis XV est rempli de « Pascal », le groupe Rothschild, impliqué dans le nickel de Nouvelle Calédonie.

Chevènement pique une crise

Je reprends la route pour mon compte lorsque je suis désigné pour ferrailler à l'ombre du lion de Belfort contre Jean-Pierre Chevènement, aux législatives de 1978. Ma dot de candidat est plus modeste et m'oblige à demander une aide financière à ma sœur Françoise. Mon beau-père ne veut pas entendre parler d'exil dans le grand Est pour ses deux petits-enfants. Il ne me donne pas un sou.

J'ai la joie de débarquer seul un froid matin de décembre sur le quai de la gare de Belfort, parachuté par Paris, gratifié du titre de « chef de cabinet du secrétaire d'État à l'Intérieur », et comme mon futur adversaire, énarque. Mon suppléant, un vieux routier du CDS[1], avocat brillant et manitou local, visait le siège de conseiller général de Belfort-centre, la partie bourgeoise de la circonscription, où la droite pouvait gagner. Je suis sa locomotive et il n'a qu'une idée en tête : me remettre dans le train pour Paris dès son élection gagnée.

J'accroche Chevènement au premier tour, l'obligeant à un ballottage surprise. La semaine précédant le second tour est tendue. Un jeudi soir, nous en venons presque à l'affrontement physique. Je commente devant M. Blum, le président de la Communauté juive de Belfort, l'installation d'un stand de l'Organisation de la Libération de la Palestine au milieu de la fête du CERES[2] de Paris. Ça n'a pas l'air de lui plaire. À Chevènement non plus qui, surgissant dans le magasin de M. Blum, se met à rugir – ce qui à Belfort n'étonnera personne :

— Salaud ! Je vais te casser la gueule. Comment as-tu pu me faire ça ?

Les photos du stand d'Arafat prises par mes amis de la LICRA ont de l'allure. Elles révèlent le double jeu de celui qui, sur place, caresse le poil de la communauté tout en ayant d'autres engagements au niveau national.

Je le défie :

— Viens, si t'es un homme !

Je compte sur l'incident, qui donnerait à la cam-

---

1. Centre des démocrates sociaux. Centristes type UDF.

2. Centre d'études et de recherches socialiste, mouvement créé par Jean-Pierre Chevènement au sein du Parti socialiste, situé à l'extrême gauche de l'appareil de Mitterrand.

pagne une touche de violence, pour décoincer le député-maire. Mais ses militants le ceinturent. Nous fûmes en froid, quelque temps. Roger Cazes, le propriétaire de la brasserie Lipp, nous réconcilia. Et j'eus plus tard le plaisir d'apprendre que Chevènement, ministre de l'Intérieur, en visite à Lille, demanda des « nouvelles » de moi à... Franquet[1], le préfet délégué par la police, qui lui montrait le dernier modèle d'ordinateur pour la recherche des individus suspects :

— Tapez donc Schuller. Je vous l'épelle ?

Intermède comique

La vie politique a d'autres côtés loufoques. Qu'on en juge.

Quand Maurice Charretier est nommé ministre du Commerce et de l'Artisanat en 1979, nous travaillons ensemble depuis plusieurs mois. Un groupe de parlementaires s'est formé après les élections de 1978. Ils sont huit. Charretier est notre aîné. François Léotard, Alain Madelin, Gérard Longuet, Pierre Bloch et François d'Aubert en font partie. Je passe souvent dans un bureau qu'ils ont loué boulevard Saint-Germain, et je sympathise avec Charretier. À Carpentras, la ville dont il est maire, Giscard prononce son discours du « bon choix pour la France » qui donne à la majorité présidentielle un souffle nouveau et lui per-

1. Ancien Directeur central de la Police Judiciaire, révoqué par Balladur après l'affaire Maréchal. Il sera nommé préfet délégué pour la police, à Lille, un an plus tard.

met d'emporter les législatives contre l'Union de la gauche.

Je vais accueillir Charretier à Orly. Le nouveau ministre débarque, accompagné par le sous-préfet de Carpentras à qui il a promis le poste de directeur de cabinet.

Charretier est provincial, et il n'a pas de logement à Paris. Il me charge de lui en procurer un. J'en parle à Cazes qui accepte de lui louer un trois pièces au-dessus de sa brasserie. Il faut y faire quelques travaux. Le ministre habite chez ma mère, en attendant. Elle occupe un appartement proche de la Muette, dans le XVIe, que nous avons acheté en commun, au quatrième étage de l'immeuble et qui donne sur un jardin. Deux jours se passent avant le premier Conseil des ministres. J'ai demandé au chauffeur de Charretier et à son officier de police de le prendre à 8 heures 30 du matin.

J'habite moi-même à cinq cents mètres de là, boulevard Suchet. À 8 heures 35, coup de téléphone affolé du ministre : la porte blindée de ma mère, très lourde et compliquée, ne s'ouvre plus. Elle est bloquée de l'intérieur et la clé ne fonctionne pas. J'appelle la concierge, en insistant sur l'urgence de la situation, et je saute dans ma voiture. À 8 heures 43, je suis sur place. Incapable d'ouvrir la porte, je téléphone aux pompiers. Ils arrivent avec une échelle qu'ils installent dans le jardin. Charretier descend dignement. Il sera de justesse à l'heure au Conseil.

Dès le lendemain, la « guerre du tapis » commence. Le futur directeur de cabinet, M. Convert, s'octroie le bureau du secrétaire d'État au rez-de-chaussée de l'hôtel particulier du ministère, rue de Lille. Il est pourvu d'un magnifique tapis de la Savonnerie.

Je choisis un bureau modeste au premier étage, en face de celui du ministre. La décoration est pauvre, la carpette élimée, la lampe ébréchée. Comme Convert rentre à Carpentras, j'en profite pour échanger les tapis et récupérer un beau lumignon Empire sur sa table de travail.

Il revient le lendemain, cherche les objets envolés, trouve le coupable et le lieu du recel. Il ne dit mot mais, pendant le déjeuner, un huissier est chargé de retransporter le tout au rez-de-chaussée, y compris la natte râpée.

Le sous-préfet s'est quand même plaint auprès d'Hervé Bolze, provisoirement chef de cabinet du ministre. Celui-ci me fait la morale et réussit à me mettre dans une rage froide.

Je ne peux décidément pas cohabiter avec cet homme qui a, en cinq jours, épuisé les crédits du ministère en utilisant deux GLAM [1] pour deux voyages ministériels à Carpentras alors que l'aéroport de Marignane est voisin. Je dois passer à l'offensive. L'occasion d'une vengeance se présente bientôt.

Je dîne seul avec Charretier et lui fais part de ce que Bolze m'a dit tenir de mon sous-préfet : le ministre aurait une liaison dans sa ville natale.

— Pensez-vous, monsieur Charretier, qu'un directeur de cabinet a le droit de répandre ce genre de rumeurs ?

---

1. Groupe de liaisons aériennes ministérielles : avions biréacteurs Dassault qui transportent les ministres.

Dès le lendemain, l'interministériel fonctionne et Christian Bonnet, ministre de l'Intérieur, expédie l'amateur de tapisseries à Metz-Campagne. C'est, bien sûr, une promotion.

Après ces arlequinades, nous avons la chance d'accueillir comme directeur de cabinet un grand commis, Étienne Pflimlin, le fils de Pierre, dernier Premier ministre de la IVe.

Le caddy de l'extrême droite

On nous confie une des missions du ministère du Commerce et de l'Artisanat : l'application de la loi Royer. En réglementant l'attribution des grandes surfaces, elle a transformé une procédure administrative en « pompe à finances » des partis politiques.

Nous allons découvrir bientôt que l'un des géants français de distribution finance le « Groupe de l'Horloge » qui regroupe tout ce que l'extrême droite a d'intellectuels et de technocrates. Jean-Yves Le Galou en est la cheville ouvrière et *Le Figaro Magazine* lui offre une tribune permanente. Le Pen y recrutera des partisans. À l'époque, ce genre de financement est monnaie courante.

Victor Chapot, grand argentier de Giscard, répartit les subventions. Le ministre intervient en dernier ressort dans les décisions d'autorisation d'ouverture, après un avis d'une Commission nationale qui est facultatif. Il a donc une liberté presque complète.

Étienne et moi décidons qu'en aucun cas le ministre ne doit accorder de nouvelles implantations si la Commission nationale ne donne pas un avis favorable. Et Charretier a le courage de ne pas tenir compte des appels de Chapot sur l'interministériel.

Je récolte de l'assèchement des sources de financement du Club de l'Horloge[1] la haine tenace de ces « démocrates musclés ». En 1992, je retrouverai leur chef de file au Conseil régional.

Le roi de la forêt

Pendant neuf mois, en attendant une affectation, après l'élection présidentielle de 1981, j'ai des loisirs. L'administration me paye pour rester chez moi, selon une tradition bien française. Ma chasse m'attend.

Le brame[2], c'est-à-dire le rut du cerf, se déclare la deuxième quinzaine de septembre mais un refroidissement brutal de la température peut le hâter.

C'est une période étrange. La forêt est prise de fièvre. Les sangliers évitent les places de brame et les chevreuils, perturbés dans leurs habitudes, gagnent des secteurs plus paisibles.

La saison du brame est un moment envoûtant qu'aucun chasseur « à l'approche » ne peut manquer.

---

1. Gilles Gaetner, *Dictionnaire de la Corruption*, Stock. À propos de la loi Royer : « ... en 1980, le ministre du Commerce et de l'Artisanat Maurice Charretier, en accord avec le directeur adjoint de son cabinet Didier Schuller, décide une pause dans l'implantation des grandes surfaces. En 1981, André Delilis, ministre du Commerce de Mauroy, persévère... »

2. Le mot « brame » désigne sous le même vocable le cri du cerf et sa période de rut.

Nous sommes début octobre. Il fait encore nuit lorsque je descends en compagnie de Heicko un raidillon parsemé de rochers. Nous nous postons face à une trouée de verdure qui s'étend de l'autre côté d'un vallon, où coule un torrent limpide.

Heicko est mon guide de chasse. Pendant douze ans, nous vivrons ensemble la passion de l'approche, sous la neige, la pluie, les brumes humides ou le soleil brûlant.

Il descend d'une famille de gardes. Son père a débuté à Rominten, chez le « Jagmeister » Hermann Goering, avant de rejoindre la France et les domaines de la princesse Murat.

Nous approchons d'une roche pour y prendre appui et tirer avec précision, si un cerf, sorti des fourrés, s'arrêtait dans cet espace ouvert.

Un brame retentit. Il est puissant, rauque. Un vieux cerf.

Un mouvement sur la pente qui nous fait face attire mon regard. Je distingue une biche adulte, suivie d'une harde. Je compte sept pièces, femelles et faons mêlés, qui croquent des fruits sauvages dans la clairière. Encore un brame. Le cerf suit la harde. Il va sortir, le voilà.

Un magnifique animal. Il est âgé, la silhouette massive. Sa démarche semble pesante et souveraine.

Je l'observe dans mes jumelles. Quel trophée porte-t-il ? Je ne vois rien. Sa tête de taureau est nue. Je suis stupéfait.

Je consulte Heicko. Comme moi, il n'en revient pas :

— Un cerf de plus de dix ans, M. Schuller, un

« moine ». Il n'a rien sur la tête. C'est la première fois de ma vie que je vois un cerf pareil. Tirez-le !

Je pose mon arme, libère la sécurité et m'apprête à appuyer sur la gâchette. Un brame retentit, plus frais, plus jeune. Surgi de nulle part, un splendide adulte galope vers le maître de la harde. Il est bien armé. C'est un douze cors régulier. Il s'approche de son adversaire. Le vieil animal fait face, courbe son échine, paraît se soumettre et présente son absence de trophée, comme s'il lui rendait hommage.

L'autre hésite, il va frapper... Dans une saccade rageuse, il se retourne et attaque un frêle arbuste. Il le massacre, regarde en arrière un bref moment, remonte vers les fourrés et disparaît.

Je remets ma sécurité, incapable d'arracher à la forêt le vieux roi sans couronne.

PARFUMS D'ORIENT

De 1982 à 1986, je représente la France au Moyen-Orient pour les exportations de bâtiments et de travaux publics. On a créé au ministère de l'Équipement une direction de tutelle de cette branche. Sa tâche essentielle est d'assister les entreprises françaises qui cherchent à s'implanter sur les marchés étrangers. Elle doit leur permettre d'obtenir des aides dans leurs démarches, et notamment des garanties délivrées par la COFACE.

Peu après la prise de pouvoir par Mitterrand, un nouveau directeur est nommé à la tête de la direction compétente du ministère : la DAEI[1]. René Loubert sort d'une des entreprises proches du PS liée au financement politique (Urba Conseil) mais il allie à son engagement les compétences techniques nécessaires. C'est un polytechnicien et un ingénieur en chef des Ponts.

Son correspondant à l'Élysée, sa « tutelle », Alain Boublil, est un futur hôte de la Santé.

---

1. Direction des affaires économiques et internationales.

Loubert me récupère après ma traversée du désert et m'affecte, ce qui est logique, au Moyen-Orient.

Je n'énumérerai pas les voyages que je fis au Koweït, en Égypte, en Arabie Saoudite, au Yémen, en Irak (en pleine guerre avec l'Iran, ce qui me valut d'être réveillé la nuit à Bagdad, à l'hôtel Méridien, par l'arrivée d'un missile iranien), aux Émirats Arabes Unis, à Bahrein, au Quatar et en Syrie. Deux missions restent gravées dans ma mémoire.

Aden Arabie

Je suis invité à Aden pour représenter la France à l'inauguration d'un aéroport international flambant neuf, construit par une compagnie française, sur financement français.

Je m'installe à l'hôtel. L'après-midi je me baigne sur une plage, surveillée par des anges gardiens blonds, armés de Kalachnikov. La police secrète du pays est confiée à des membres de la Stasi venus directement d'Allemagne de l'Est.

Le soir, puisque nous sommes dans un pays marxiste, nous mangeons de la cuisine chinoise. Le lendemain, la voiture de l'ambassadeur, fanion tricolore flottant au vent, me prend à l'hôtel. Nous roulons vers l'aéroport. Je trouve que le trafic est très réduit. Des drapeaux et des panneaux sont accrochés aux lampadaires qui bordent la route. Ils portent l'effigie du leader national, premier secrétaire du Parti communiste.

À l'aéroport, un tapis rouge a été déroulé pour les

officiels. Mais il n'y a personne ! Pas de policiers, pas de militaires, pas de membres du gouvernement. Nous attendons presque une heure.

— Ils ont dû se disputer hier soir, c'est fréquent ici, me répond l'ambassadeur, blanchi sous l'uniforme de l'administration coloniale avant d'avoir été nommé par le quai d'Orsay au Moyen-Orient. Ce n'est que partie remise. Rentrons manger un morceau à ma résidence et nous aviserons.

Quelques heures plus tard, ils avaient vraiment l'air d'être fâchés entre eux.

Le Comité central du Parti a éclaté. Certains se regroupent derrière le leader des montagnes, les autres soutiennent l'homme qui porte les espoirs de la ville.

L'un a pour lui les aviateurs, l'autre les tankistes. Cela fera 14 000 morts en trois jours. L'aéroport fut rasé, l'hôtel où je résidais aussi. Je ne dus mon salut qu'à une évacuation par hélicoptère, comme tous les étrangers.

Affaires libanaises

Peu d'hommes de ma génération ont connu la guerre et vu les corps éventrés de civils victimes d'un bombardement, emplissant l'atmosphère de la puanteur atroce de la pourriture.

J'ai eu le privilège, invité avec Jean-Pierre Pierre Bloch par Ariel Sharon, ministre de la Défense d'Israël, d'assister à l'opération « Paix en Galilée » et à l'avance de Tsahal jusqu'aux faubourgs de Beyrouth. Je me souviendrais toujours des milliers de Libanais massés sur la plage de Tyr, sous un soleil ardent.

Ils forment une masse humaine hébétée, avant de défiler dans les locaux de l'Électricité du Liban.

Ils doivent passer devant une table. Derrière, assis sur des chaises, trois hommes. Leur tête est recouverte d'un sac en papier où des trous ont été percés pour permettre aux yeux et à la bouche de remplir leur fonction : les yeux pour reconnaître, la bouche pour dénoncer.

À droite, l'immense majorité des prisonniers s'éparpille après l'inspection et regagne librement la ville ou la campagne.

À gauche, des membres présumés de l'OLP, partent rejoindre d'autres suspects dans un camp.

Trois mois plus tard, en septembre, je débarque à Beyrouth pour représenter le gouvernement français dans une mission que m'a confiée Loubert. Lui-même l'a reçue de Mitterrand en personne. Il s'agit d'assister le gouvernement libanais dans la reconstruction du « Grand Beyrouth ».

Autant dire vouloir remplir la mer Méditerranée avec un verre d'eau ! Je pourrais tirer un livre de cette expérience. J'assiste aux pires attentats : celui qui décapite l'ambassade américaine et fait soixante-dix neuf morts – je me trouve à trois cents mètres de là – et celui de l'immeuble du Drakkar qui tue plus de deux cents militaires français.

Je suis aussi le témoin discret de la lâcheté de l'Occident qui replie ses troupes et livre Beyrouth aux milices chiites. Je participe également à l'inauguration de la « place des Canons », reconstruite à coups de subventions par le groupe Hariri et détruite quelques jours après par l'artillerie.

Avec un haut fonctionnaire sorti de l'ENA, nous devons franchir la « ligne verte » qui sépare Beyrouth en deux zones, la chrétienne et la musulmane. Je gare ma voiture dans une rue avoisinante. Tout est calme. Soudain l'artillerie se déclenche. La rue où nous marchons est arrosée. Nous nous précipitons à l'abri dans un fossé. Un obus tombe à moins de cent mètres devant nous, un autre cinquante mètres derrière. Le bombardement s'éloigne. Nous nous relevons. Ce n'est pas le moment de franchir la ligne. Je décide de regagner ma voiture. Mon compagnon est livide. C'est son premier contact avec la réalité d'une guerre civile. Nous démarrons. Une odeur infecte imprègne la voiture. Mon camarade n'a pas pu contrôler ses sphincters.

Un soir encore à Beyrouth, chez l'ambassadeur de France. Il s'agit d'un dîner officiel, copieusement arrosé. Le diplomate reçoit notre délégation. François de Grossouvre est présent.

L'alcool aidant, le conseiller de l'Élysée devient bavard. Il est ici pour conclure un accord avec les milices chrétiennes. Elles veulent acheter du matériel militaire français déclassé. Je l'entends dire, parlant du Front National qui aura des candidats à l'élection européenne de 1983 (où il dépassera pour la première fois les 10 %) :

— Pendant vingt-trois ans, la droite nous a empêchés de revenir au pouvoir en se servant de notre alliance avec le PC. Elle voulait effrayer l'électorat modéré. Vous devrez bientôt expliquer à vos électeurs qu'au second tour vous récolterez les voix d'un parti d'extrême droite. Nous donnons un coup de main sérieux à Le Pen.

II

UNE TÉNÉBREUSE AFFAIRE

DIEU NE JOUE PAS AUX DÉS

L'affaire des HLM de la région parisienne éclate avec l'arrestation de Francis Poullain. Il est aujourd'hui mis en examen.

Que se serait-il passé si cet entrepreneur avait disparu en 1992, assassiné par le propriétaire d'une grosse entreprise de couverture de toiture de Moselle ?

Rodolphe Kessler est chasseur passionné. Homme massif, doté d'une force colossale, son corps qui respire la puissance porte une tête aux traits de visage presque asiatiques. Seul le teint brique et la moustache rousse occidentalisent le personnage.

Je l'ai connu en 1979 lorsque des difficultés financières l'ont conduit inexorablement à me céder ses parts de chasse sur le territoire d'Abreschwiller, contigu à celui de Dabo.

Nous sommes devenus amis au cours d'un séjour en Pologne. Notre objectif était d'obtenir un trophée de « grand sanglier » comme on en rencontre seulement dans les pays de l'Est. Leur poids atteint presque le double de celui des animaux qui peuplent nos forêts.

J'ai sauvé Rodolphe d'une mort quasi certaine pendant un séjour à Varsovie. Il avait rencontré au bar de l'hôtel une Polonaise. Elle l'entraîna chez elle dans la nuit et le drogua.

Il s'effondra. Aidée certainement par des complices, elle l'avait dépouillé de tous ses objets de valeur. Puis on le déposa sur un banc d'arrêt d'autobus, au petit matin.

C'est là que nous l'avions retrouvé, après de vaines recherches à l'hôtel. Une enquête rapide auprès du concierge nous permit de repérer le quartier où habitait la charmante escort girl.

Il était dans une sorte de coma, moitié éthylique, moitié médicamenteux, et presque gelé. Nous le transportâmes à l'hôpital. Le lendemain, il était d'attaque.

Rodolphe, à la fin des années 80, rencontre Poullain sur ma chasse. Celui-ci lui propose de travailler en sous-traitance de sa propre société pour des chantiers de l'OPAC [1], à Paris. Rodolphe accepte. Il se met au service d'autres sociétés liées à Poullain.

Personne ne m'avait tenu informé de ces tractations. Et je ne le revis plus souvent sur ma chasse.

Une mort violente

Un matin, j'apprends en écoutant Europe 1 que M. Rodolphe Kessler, sous-traitant pour une entreprise de BTP de Versailles, s'est donné la mort,

1. OPAC : Office public d'aménagement et de construction.

retranché dans les locaux de cette société où il était venu réclamer les paiements de ses services. La police judiciaire de Versailles, sous les ordres du commissaire Mancini, tentait de l'interpeller après qu'il eût préalablement assassiné avec son revolver le directeur et deux de ses adjoints, et blessé une quatrième personne.

Dans la journée, Heicko, mon guide de chasse, me dit que Rodolphe est passé la veille au soir. Ils ont bu de la gnole et Kessler lui a fait part de son intention de monter à Paris dans la nuit. Il souhaite réclamer à une société de Poullain l'argent que celle-ci lui doit encore. En montrant son revolver à Heicko, il lâche :

— S'il ne me paye pas, je le fume !

Poullain a la chance d'être déjà parti sur un chantier vers six heures du matin quand Rodolphe arrive à son entreprise d'Alfortville. Alors le désespéré va chez un autre de ses débiteurs, à Versailles...

LE FANTÔME DE MÉRY

Je suis auprès de ma mère à Klosters où elle passe une partie de l'été.

C'est la première fois qu'elle est seule. Chaque année, mon oncle Lutz et ma tante Flory la rejoignaient. À la mort de l'oncle, sa femme continua à traverser l'Atlantique, depuis le Guatemala, pour lui tenir compagnie. Mais en 1994 son état de santé lui interdisait un tel déplacement.

Maman cafarde dans le palace suisse qui a pour elle un air d'hôpital. Je l'ai suivie afin de lui remonter le moral. J'appelle la permanence de Clichy deux fois par jour. C'est ainsi que j'apprends qu'André Dalzon, un chef d'entreprise qui travaille pour l'OPAC de Paris et pour l'OPDHLM[1] 92, cherche à me joindre d'urgence.

Je le rappelle. Il m'indique que Jean-Claude Méry souhaite me rencontrer au plus vite.

— Tu sais, bien sûr, que Poullain a été mis en

1. OPDHLM : Office public départemental d'habitations à loyer modéré.

prison par le juge Éric Halphen. Jean-Claude veut te voir immédiatement.

J'ai été présenté à Méry en juin 1986 par Georges Pérol, le directeur général de l'OPAC de Paris, au congrès de Cannes des HLM. Je ne suis alors que le directeur général « désigné » de l'OPDHLM 92. Il faut « recaser » mon prédécesseur dans l'administration du ministère de l'Équipement et ses exigences sont difficiles à satisfaire. Il veut un poste d'ingénieur général.

Je sais que Méry est une sorte de « go between » entre le RPR et les entreprises de bâtiments de travaux publics qui traitent les nombreux chantiers de l'OPAC. Mais nous n'aurons jamais de relations professionnelles puisque, dès mon arrivée à l'OPDHLM 92, je recrute un directeur général adjoint qui sera en charge des marchés publics. Je choisis de proposer à mon président, Patrick Balkany, la nomination de Pierre Bourgoin, un homme que j'ai rencontré à la DAEI où il s'occupait de ce secteur. Au ministère de l'Équipement, il s'est fait la réputation d'être travailleur et rigoureux. Il prend ses fonctions début 1987.

Un chasseur maladroit

J'ai croisé Méry dans des chasses à de nombreuses reprises. Je l'ai invité deux fois chez moi, à Dabo. Il s'est illustré en abattant une laie qui menait une bande de sangliers et portait plusieurs marcassins. Ce genre de coups n'est guère apprécié par les chasseurs mosellans et alsaciens qui s'efforcent de respecter des règles de tir strictes. Ils évitent d'abattre les femelles reproductrices.

La dernière chasse où j'ai rencontré Méry, en Écosse, appartenait à l'épouse de Dalzon, Patricia, l'héritière d'un agent de change londonien. Elle possède avec son frère un manoir dans les Highlands, près du château du duc d'Argyl, qui conserve la dernière armée privée du pays.

La chasse en Écosse est sportive. Elle implique du souffle et de l'endurance. Le brame du cerf y a lieu milieu octobre. Cela me va.

Méry vient souvent en Écosse. Il est l'invité de Poullain pour chasser la grouse ou le cerf. Il se rend également chez Patricia.

Pourquoi Méry m'appelle-t-il ? Il me connaît, bien sûr, mais il sait aussi que je joue un rôle politique dans les Hauts-de-Seine. Il n'ignore pas que j'ai la confiance de Charles Pasqua qui est satisfait du développement et de la gestion de l'Office départemental HLM. Mon amitié avec Poullain, qui chasse fréquemment avec moi, est, je le crois alors, l'autre raison de son appel pressant.

Compte tenu de l'insistance de Dalzon, je décide de rejoindre Saint-Tropez le lendemain. Méry est à Port-Grimaud où il a une maison. Dalzon me précise que nous serons logés chez un de ses amis, Gilles Bentin, un entrepreneur.

Christel et moi nous descendons jusqu'à Zurich pour prendre le vol régulier qui rejoint Nice. De là, par l'hélicoptère qui assure la liaison avec Saint-Tropez, nous atterrissons sur un terrain situé près du port. Nous retrouvons les Dalzon avec Bentin et sa compagne.

Pourquoi Chirac ?

Nous dînons le soir chez Bentin. Le lendemain matin, la vedette de notre hôte nous prend à son bord. C'est un bateau de fabrication anglaise, d'environ 40 pieds. Nous sortons du port et mettons le cap sur Port-Grimaud. Je connais la baie de Saint-Tropez parce que mon beau-père a acheté deux appartements près de Hyères. Nous y possédons un bateau avec lequel nous sillonnons la Côte d'Azur.

Méry et sa femme nous attendent.

Nous entrons dans un séjour à la mode tropézienne. Méry offre l'apéritif. Maître Bernard Cahen, l'avocat de Poullain, et son épouse, nous ont rejoints. Je le connais depuis 1972. Je m'occupais chez Yves Guéna, secrétaire général de l'UDR, des « mouvements associés ». Lui-même officiait auprès de Léo Hamon et de Louis Capitant, des gaullistes de gauche.

Méry me propose de nous isoler, Christel, moi et Cahen. Nous demandons des nouvelles de Francis. Supporte-t-il sa détention ? Comment sa jeune épouse affronte-t-elle l'épreuve alors qu'ils se sont mariés tout récemment, en présence de Bernadette Chirac ?

J'avoue avoir été surpris par la présence en vacances à Port-Grimaud de l'avocat de Poullain. Je pensais que le soutien moral et juridique de son défenseur comptait pour un prisonnier.

Cahen nous rassure sur le sort de Poullain, tout en soulignant qu'il partage sa cellule avec des codétenus dangereux et qu'il est heureux qu'il soit un ancien baroudeur pour se faire respecter.

À l'évocation de la détention provisoire de Poullain, je suis frappé par la nervosité de Méry. C'est un homme corpulent, pied-noir d'origine, portant beau. Pas le genre discret. Il retrouvera sa faconde habituelle au restaurant.

— Bon, parlons peu mais parlons bien, me dit-il. Tu te doutes que si je t'ai fait venir de Zurich, c'est que j'ai des choses importantes à te dire.

Nous évoquons l'hypothèse pessimiste : Poullain s'effondre et les enquêteurs, en démontant le système utilisé pour truquer les marchés publics sur l'OPAC, mettent Méry en examen et l'incarcèrent afin de l'inciter aux aveux.

— C'est clair, ajoute-t-il, je veux que le gouvernement le sache, que nos amis du RPR en soient conscients : si on me lâche, si je me retrouve à poil...

Il entame une sorte de litanie, une succession de menaces rythmées :

— Le premier qui sautera, ce sera Roussin. Le deuxième, ce faux jeton de Juppé. Et enfin, s'il le faut, Chirac !

J'en suis comme paralysé. Je jette un coup d'œil à Christel.

— Pourquoi lui ?

Il me paraissait logique que Roussin, en directeur de cabinet loyal, se charge des « bonnes œuvres ». Ses homologues, dans tous les partis, à une époque où le financement officiel n'existait pas, ont dû accomplir les mêmes missions.

Mais Chirac...

Méry, véhément, presque surpris par mon exclamation, m'assène :

— Parce que j'ai droit à sa reconnaissance et à sa protection. Je lui ai donné cinq millions en liquide !

Et il mime le geste de remettre une mallette.

Six ans après, en septembre 2000, à dix mille kilomètres de Paris, à Saint-Domingue, en plein exil, nous retrouvons avec effarement un Méry amaigri – mais vivant – revenu de l'autre monde, grâce à la cassette enregistrée par Hamelin. Il répète quasiment mot pour mot ses phrases d'août 1994 :

— J'ai donné à Chirac cinq millions en liquide.

Je ne sais plus si c'est à bord de la vedette où lorsque nous débarquons que j'appelle Pasqua pour lui résumer le message de Méry.

Il m'écoute, sans faire de commentaire.

Et conclut laconiquement :

— Bon, je te remercie.

Je ne raffole pas de Méry, mais ce jour-là son inquiétude, mêlée d'une révolte presque enfantine, me l'a rendu sympathique. Il avait dû voir beaucoup de portes se fermer, des tas d'appels rester sans réponse depuis l'incarcération de Poullain.

À ce point du récit, il est temps de s'interroger sur l'hypocrisie qui règne en France à propos des financements politiques.

D'où vient-elle ? Du catholicisme, où le rapport

avec l'argent reste entaché de la notion de péché ? D'un marxisme égalitaire qui, à travers des générations d'enseignants insatisfaits, a imprégné notre culture ? Le mélange des deux refus est étonnant. Contrairement à ce qui se passe dans les pays anglo-saxons, il engendre une auto-flagellation permanente et pas mal d'hypocrisie.

S'est-on interrogé sur le coût réel d'une campagne électorale ? Pense-t-on que les imprimeurs, les loueurs de salles, les bus, les trains bondés de militants, sont offerts gracieusement ?

Avant les lois de 1995, les partis politiques ont pratiqué, sans exception, les financements illégaux. Les communistes ont été relaxés, les centristes quasi absous ; les socialistes et nous, parce que nous exerçons alternativement le pouvoir, nous accumulons les dénonciations et les procédures, les condamnations et les mises au pilori.

Pourquoi Chirac, après son élection à la présidence de la République, avec la majorité écrasante dont il disposait à l'Assemblée et au Sénat, n'a-t-il pas eu le courage de mettre tout à plat en faisant voter une loi d'amnistie ?

On m'a maintenu en exil, d'abord pendant deux ans, jusqu'à la dissolution et la défaite de 1997, en m'exhortant d'être patient. On préparait les textes. Les experts planchaient...

Qu'en est-il aujourd'hui du respect de la loi ? N'y a-t-il pas violation des textes de 1995 ? Les versements illégaux, « les valises » de billets ont-ils disparu ?

Dans la débauche de dépenses qui s'étale sous nos

yeux pour la campagne actuelle, est-on sûr qu'il n'y a pas des ressources occultes ?

L'application de la loi Rocard qui autorisait le financement jusqu'à hauteur de 500 000 francs par entreprise m'a toujours paru masquer une réalité : le maintien d'un lien entre l'obtention de marchés publics et la participation occulte des compagnies de BTP à la vie politique.

Dans certains dossiers, et notamment celui de l'OPDHLM 92, personne, à commencer par les enquêteurs financiers, ne s'est intéressé aux comptabilités des partis ou de leurs sections pour établir la liste des donateurs et le montant des sommes accordées. Personne n'a pensé à comparer la chronologie de ces versements avec celle des marchés attribués.

PROLOGUE À L'AFFAIRE

20 décembre 1994, 9 heures du matin. Aéroport de Roissy Charles de Gaulle.

Le docteur Jean-Pierre Maréchal, un psychiatre de l'hôpital américain de Paris, père d'une magistrate du tribunal de grande instance de Paris et beau-père d'Éric Halphen, juge d'instruction au tribunal de Créteil, est arrêté par la police judiciaire.

Dans sa valise, un sac en papier contenant un million de francs en provenance de la Banque de France, dont tous les numéros ont été préalablement relevés par les enquêteurs. C'est le montant du premier versement de l'argent qu'il a demandé pour intervenir dans le déroulement du dossier judiciaire instruit par son gendre.

J'ai déposé une plainte contre lui, cinq jours auparavant, pour extorsion de fonds et trafic d'influence.

En quelques jours ce banal flagrant délit devient une affaire d'État.

• François Mitterrand va agir en faveur du juge d'instruction. Le Conseil supérieur de la magistrature est saisi.

• La chambre d'accusation de la cour d'appel de Paris dénonce « une provocation » de la PJ et de moi-même.

• Charles Pasqua, ministre de l'Intérieur, demande au garde des Sceaux de saisir la Cour de cassation.

• Jacques Toubon, ministre de la Culture, réclame auprès d'Édouard Balladur, Premier ministre, une « mise au point dans une affaire très délicate, très importante pour notre pays ».

• Philippe Séguin, président de l'Assemblée nationale, considère « compromis le fonctionnement des pouvoirs publics ».

• Quant aux magistrats du tribunal de Créteil, où siège le juge Halphen, ils manifestent leur soutien à leur collègue.

Tous les moyens de police et de justice seront bientôt déployés pour m'interpeller ainsi que ma compagne, comme de dangereux criminels. Quarante-huit heures auparavant, j'étais un notable de la République.

Au-delà des faits, ce sont les valeurs essentielles de la démocratie qui sont mises en cause : la présomption d'innocence, le secret de l'instruction, l'égalité des citoyens devant la justice.

La « chèvre » de l'affaire Maréchal[1]

Sur les conseils de Pasqua, ministre de l'Intérieur, je porte plainte auprès du patron de la police judiciaire française. Une enquête est ouverte, menée par des as de la police, sous le contrôle permanent du procureur de la République de Paris, Bruno Cotte. Et on va crier à la manipulation. On verra que les magistrats engagés politiquement à gauche soutiendront unanimement leur collègue.

L'esprit de corps et la solidarité joueront aussi leur rôle, au-delà des clivages partisans ou idéologiques.

Au moment où les juges, soutenus par la presse, s'érigent en pouvoir indépendant, peut-on tolérer que le plus médiatisé d'entre eux risque d'être mêlé familialement à un chantage financier ?

Maréchal a été arrêté en flagrant délit à Roissy. Il a reçu le « biscuit » qu'il réclamait au RPR et à Pasqua. Dès lors la machine à étouffer le scandale se met en route avec l'appui du procureur de la République et des magistrats instructeurs de l'affaire.

Que faire du beau-père et du père de deux de leurs collègues ?

Où est la vérité ? Où est la justice ? Pourquoi Maréchal doit-il être libéré et blanchi ? En va-t-il de la réputation du corps des magistrats ?

Que décidera le garde des Sceaux, Pierre Méhaignerie ?

---

1. Expression utilisée par les enquêteurs de la police judiciaire pour qualifier celui ou celle qui sert d'appât pour prendre un malfaiteur en flagrant délit.

Rien, ou plutôt tout pour que sa non-assistance à personne en danger d'erreur judiciaire devienne un piège et élimine un rival politique de taille, Pasqua qui peut accéder à Matignon.

Que va faire le Premier ministre, Balladur, candidat à l'élection présidentielle, qui caracole en tête dans les sondages ?

Rien, sinon biaiser, puis mentir. Il « ne connaît pas » ce dossier alors qu'il le suit personnellement avec Nicolas Bazire, son plus proche collaborateur, depuis le 14 octobre, et qu'il se tient toujours informé, depuis le 15 décembre, date du dépôt de ma plainte contre Maréchal ! Enfin, au sommet de l'État, Mitterrand lui-même intervient, alerté par Charasse qui cherche à dépêtrer le scandale de la Française des Jeux et du Loto, mettant en cause son ami Gérard Collé, qui obtiendra bientôt un non-lieu. Il vole au secours du petit juge de gauche. Mitterrand espère ainsi (et a réussi ?) à bénéficier de la reconnaissance tacite des magistrats.

Tout ira très vite.

Le 8 février, Maréchal, par la grâce d'un arrêt de la chambre d'accusation de la cour d'appel de Paris, est innocenté, comme si le « biscuit » était imaginaire !

Pasqua et Balladur sont déstabilisés. Ils ne s'en relèveront pas.

Quant à la « chèvre » de l'affaire Maréchal, les amis d'Halphen à la Brigade financière vont lui apprendre à regretter d'avoir osé porter plainte contre le beau-père d'un juge.

ET VOICI MARÉCHAL

Le soir tombe lentement sur le village blotti dans une vallée de l'Arlberg, en Autriche.

Le soleil disparaît derrière la barrière rocheuse qui se découpe au-dessus de l'alpage.

Au retour d'une excursion en montagne, le chalet d'Engelbert et d'Hilda offre son hospitalité traditionnelle : murs en sapin verni, banquettes dont le dossier rigide propose peu de confort au marcheur courbatu, chaudes doubles fenêtres garnies de voilages brodés à la main.

Sur la toile cirée de la table, le saucisson de cerf accompagne le fromage de montagne que le fermier voisin a déposé, comme tous les matins, avec le lait et le beurre fraîchement baratté.

Je suis loin de Clichy, de mes parapheurs envahissants, du téléphone qui ne cesse de sonner. À chaque fois que je pense à mon arrivée dans cette ville, j'ai un sourire.

Ma candidature à Clichy a été le fruit du hasard. Elle fut provoquée par mon futur adversaire politique, Catoire. Il a succédé à Delors en 1985, sans être élu au suffrage universel. En 1988, il se sent pousser des ailes. Nous sommes à quelques mois de l'élection présidentielle.

Homme d'appareil, enseignant en sociologie, il a un certain flair pour analyser l'ambiance politique du pays. Il sent que Mitterrand va être réélu. Il y aura donc des législatives, la Chambre des députés de 1986 étant majoritairement de droite.

Dans la circonscription de Clichy-Levallois, le retour au scrutin majoritaire uninominal va conduire à un duel Balkany-Catoire. Ce dernier, dès janvier 1988, se met à tirer à boulets rouges sur son futur adversaire. Il se sert de son journal politique, *Le Prolétaire*, devenu depuis le *Journal de Clichy-Levallois*.

Installé dans son bureau de premier magistrat municipal, Balkany survole la presse socialiste. Dans le dernier numéro du *Prolétaire*, un éditorial attire son attention. Avec violence, à la limite de l'insulte, Catoire explique que le destin de Balkany n'est pas de rester longtemps à la mairie de Levallois : « Un jour le RPR remplacera ce vendeur de costumes (fine allusion au fait que Balkany fut directeur général de la société de son père, spécialisée dans la couture de luxe). Il investira un énarque possédant les qualités nécessaires pour gérer une commune de 50 000 habitants. »

Catoire – bien involontairement – a déclenché le processus de ma candidature.

Depuis près de deux ans, l'opposition politique a disparu à Clichy. Le candidat RPR des municipales de 1983, un certain Gaëtan Deodato, s'est déconsidéré en acceptant de laisser voter le projet socialiste d'aménagement d'une ZAC[1] aux limites de Saint-Ouen. À l'époque, le premier adjoint de Catoire, un méridional avenant, Henri Conte, tient encore les rênes de Clichy. C'est lui qui a négocié la mise en place de cette ZAC par la SAE[2]. Il a su trouver les arguments percutants pour se rallier le soutien de Gaëtan Deodato. Et l'opposition municipale n'existe plus.

« Un énarque, se dit Balkany, c'est une bonne idée. Je vais lui en envoyer un. Ça ne fera pas de mal aux Clichois. »

Il décroche son téléphone et m'invite à déjeuner.

Je suis investi par Pasqua comme responsable RPR de Clichy huit jours plus tard. Ma mission : prendre la ville.

J'étais envoyé en terre de mission.

Clichy est une commune mitoyenne de Paris. Enclavée entre le périphérique et la Seine, elle est séparée de Levallois par la voie ferrée qui relie Paris Saint-Lazare à l'ouest de la France.

Malgré la proximité immédiate de la capitale, il

1. ZAC : Zone d'aménagement concerté.

2. SAE : Société auxiliaire d'entreprise. Ce groupe du bâtiment français a bénéficié d'un quasi monopole à Clichy de 1985 à 1993.

existe une « identité clichoise » historique : le bon roi Dagobert en fit sa résidence vers 640 après Jésus-Christ. Saint Vincent de Paul y exerça son ministère.

La ville a une population d'origine ouvrière. Soumise aux bouleversements qui ont frappé l'aménagement de la région parisienne, elle est depuis plus de dix ans en pleine mutation. De vastes espaces se sont libérés après le départ des usines. La commune est bien située. Le métro et le train la desservent. Elle a tous les atouts dans son jeu.

L'élection de Delors en mars 1983 était prometteuse. Un ministre de l'Économie et des Finances comme maire, cela ne peut pas faire de mal, même s'il est socialiste ! Malheureusement, Delors abandonne Clichy au profit de l'Europe. Et son successeur, Catoire, un enseignant de 36 ans, va être incapable de chausser ses souliers. Depuis qu'il goûte aux joies du pouvoir municipal, il est devenu un professionnel de la politique. Auteur d'une thèse sur la rumeur (tout un programme !), il ne suscite pas l'unanimité au sein de son parti. Son action politique me semble critiquable.

Il démontre rapidement les limites de ses capacités de gestionnaire. Faute de prendre des décisions, notamment en matière d'urbanisme, il retardera considérablement l'évolution de la ville. Et quand il tranche, c'est toujours pour choisir des projets coûteux qui n'apportent pas à Clichy les solutions nécessaires, surtout pour les logements ou les emplois.

Les conséquences de son action sur la qualité de la vie quotidienne des Clichois sont redoutables : le maintien de nombreux taudis et le relogement quasi automatique de marginaux dans les habitations à caractère social cassent l'équilibre de la population. Cela entraîne pour une ville moyenne de redoutables problèmes en matière d'école, de sécurité et de solidarité. Les socialo-communistes, sous la houlette de Catoire, réussissent à pénaliser Clichy qui n'occupe pas, dans ce département pilote que sont les Hauts-de-Seine, la place qu'elle mérite.

Mon ambition et mes objectifs, dès mon arrivée, étaient clairs : permettre à cette ville historique de renouer avec la réussite, y assurer un changement nécessaire, dans l'équilibre et la justice.

Les élections de mars 1989 sont trop proches pour pouvoir convaincre en quelques mois la majorité des électeurs. Avec 47,5 % des voix, je réalise un bon premier essai. Il me faut continuer pour le transformer en succès.

Ce sera une œuvre collective.

Je réunis une formidable équipe de tous les âges et de toutes les conditions, de l'industriel au chômeur, du médecin à l'aide magasinier, de l'officier en retraite au jeune appelé sous les drapeaux d'origine maghrébine. Des femmes et des hommes qui sacrifient leur temps et leur santé pour une vraie cause, l'avenir de leur ville.

Après 1992, nous comptabilisons les résultats électoraux de ce travail : victoire en 1993, puis en 1994. Clichy bascule. Avec les municipales de 1995, repoussées au mois de juin pour cause d'élection présidentielle, c'est la fin de la mainmise socialo-communiste sur notre ville et la légitime alternance tant attendue par les Clichois.

Beaucoup de mes amis s'étaient étonnés de mon engagement si entier. Comment leur expliquer que j'avais eu un coup de foudre pour la population de Clichy, si diverse et si chaleureuse ?

Un appel inquiétant

Une sonnerie stridente brise le silence du chalet d'Engelbert et mes pensées s'interrompent d'un coup. C'est le téléphone installé il y a quelques mois.

Christel a un message urgent du docteur Maréchal. Elle me donne ses coordonnées, puis nous parlons de nos emplois du temps respectifs.

Je me dépêche de conclure :

— Je serai à Clichy demain, mais je prends la route ce soir. Je dormirai en chemin, à Bâle. Si tu veux, tu peux me rappeler à l'hôtel, entre minuit et une heure du matin. Pas plus tard.

Que me veut Maréchal que je n'ai pas revu depuis plus de six ans ?

Ma vie, sans que je m'en doute, vient de basculer en quelques secondes.

Je devrai me réfugier à l'étranger, abandonner ma mère, mes deux premiers enfants, mes amis, oublier Clichy.

Une affaire d'État commence. Ma mise à mort politique et sociale est programmée.

Maréchal entre dans mon existence de la manière la plus banale.

Erna, ma mère, avait traversé avec sérénité de terribles épreuves. Son parcours résume les hécatombes que l'Europe s'est infligées dans la première moitié du XXe siècle. En octobre 1915, elle a vu revenir son frère aîné dans le cercueil en bois des morts au Champ d'honneur. Sur le drapeau impérial qui le recouvre on a épinglé la Croix de fer à titre posthume.

En 1925, elle rencontre un officier de l'armée française qui occupe la Rhénanie. Malgré l'opposition des deux familles, (nous n'en sommes pas à la réconciliation franco-allemande) ils se marient. Maman quitte l'Allemagne et le cocon doré où elle avait été élevée. Le couple s'installe à Paris. André, mon père, quitte la carrière militaire et prend la direction d'une entreprise d'agroalimentaire.

Les années passent ; les périls reviennent sur l'Europe. En 1933, Hitler est élu démocratiquement Chancelier. Deux mois plus tard, mon oncle Ludwig, notaire et avocat, se rend au Palais de justice de Francfort avec son associé. Celui-ci, président de l'association des Anciens combattants juifs d'Allemagne, est une cible prioritaire des S.A. On l'assassine à coups de matraque à la sortie d'une audience, sous les yeux de mon oncle. Ludwig s'enfuit le lendemain et s'installe à Amsterdam, laissant son étude et ses parents.

Durant la « Nuit de Cristal » de 1938, des hordes

déchaînées brûlent les synagogues, détruisent les vitrines des magasins juifs. Elles envahissent à Francfort l'hôpital Rothschild. Dans une chambre, une dame âgée se remet d'une opération. Les nazis défoncent la porte et l'arrachent de son lit. Elle meurt quelques minutes après. C'était ma grand-mère.

En 1943, à Amsterdam, dans l'hôtel particulier que Ludwig a acheté en 1935, se terrent un vieillard et sa fille. Ils sont seuls, Ludwig ayant quitté l'Europe en 1939 pour épouser l'une des plus riches héritières du Guatemala, issue d'une grande famille juive allemande, les Kœnigsberger. Lorsqu'il a cherché à les faire venir, les visas nécessaires sont arrivés trop tard. La Hollande vient d'être envahie.

On tambourine à la porte. Une rafle. Le vieux monsieur et son enfant sont embarqués. Ils survivront pendant le voyage vers le camp d'extermination de Sobibor, aux confins de la Pologne. Samuel Rosenthal, assureur de Francfort, sera gazé dès l'arrivée.

Voilà la fin d'une famille installée en Allemagne depuis le XIIIe siècle.

À Paris, sa fille Erna se cache. Entourée par des amis fidèles et par la famille de mon père, elle s'est réfugiée dans un pavillon de la banlieue sud, avec ses trois enfants.

1944. Les rumeurs de débarquement allié s'amplifient. L'espoir renaît. Et puis, l'horreur. Mon frère Pierre est tué le 23 mai 1944, à l'âge de dix-huit ans. Sur sa tombe, est inscrit l'épitaphe « Mort pour la France ».

Ma mère a tout supporté. Elle sera veuve à cinquante-trois ans, avec deux enfants à charge, dont un fils de huit ans, le remplaçant de Pierrot, moi. À la mort de mon père, Ludwig prend une place importante dans la vie de maman. Il vient chaque année en Europe, y reste plusieurs mois, s'occupe d'elle. La Suisse devient ma seconde patrie. Mes grands-parents, dès les premières persécutions, ont mis à l'abri là-bas une partie de la fortune des Rosenthal. Ludwig veillera toujours sur les intérêts de sa sœur. Elle est l'unique rescapée d'un clan décimé. Même lorsqu'il sera malade et très âgé, il traversera l'Atlantique pour la voir. Leur rendez-vous annuel était sacré.

Quand Ludwig disparaît en 1988, elle craque pour la première fois et tombe dans une grave dépression nerveuse. Elle a quatre-vingt-sept ans.

Je cherche alors un médecin. Je m'adresse à l'hôpital américain. On me recommande le docteur Maréchal. Je le rencontre pendant trois quarts d'heure avant de lui présenter ma mère. J'ai souhaité lui parler d'elle et lui faire part de mon désarroi.

L'homme me fait bonne impression. Il partage ma passion de la chasse à l'approche. Et il n'est pas pour les médicaments trop forts. Je craignais que, compte tenu de l'âge de maman, un médecin se contente de l'abrutir à coup d'antidépresseurs. Si elle avait subi un choc inouï, à la mort de Ludwig, elle gardait toute sa tête et continuait de jouer au bridge deux fois par semaine. Maréchal comprend mes inquiétudes et me rassure. Je sors apaisé de ce rendez-vous. Maman est en de bonnes mains.

Ce fut ma seule rencontre avec Maréchal avant octobre 1994.

Le retour de Maréchal

Lundi 10 octobre, dans l'après-midi.

Maman se repose tranquillement chez elle. Comme tous les après-midi après la sieste, elle lit les journaux, regarde un peu la télévision.

La solitude lui pèse. Ses enfants et petits-enfants sont trop occupés pour venir la voir souvent. Ils téléphonent seulement pour donner des nouvelles. Étant « l'homme » de la famille, je veille sur elle malgré mon emploi du temps. J'essaie de combler le vide laissé par Ludwig.

Elle s'est assoupie. Le téléphone. Elle pense que c'est moi et décroche.

— Allô, Madame Schuller, le docteur Maréchal à l'appareil.

— Bonjour docteur, que se passe-t-il ?

— Je cherche à joindre votre fils de toute urgence. C'est très important...

— Rien de grave, j'espère ?

— Non, rassurez-vous. Donnez-moi son téléphone.

Maman sort d'un tiroir un papier où figurent les numéros de la famille.

— Pour mon fils, il y a beaucoup de numéros. Le plus simple serait de le joindre à sa permanence de Clichy.

— Je vous remercie. À bientôt.

C'est la première fois en six ans que le docteur Maréchal appelle ma mère. Quand il y avait un problème de rendez-vous, sa secrétaire téléphonait elle-même. Erna pense que cela fait plusieurs mois qu'elle n'a pas vu le docteur. Sa dernière consultation remonte au mois de juin. Depuis elle a annulé le rendez-vous de juillet, la veille de son départ en vacances. Il n'y avait pas d'urgence.

Mais une profonde inquiétude la saisit. Elle décide d'appeler la permanence. La secrétaire lui passe Christel.

J'ai rencontré Christel en 1989. Issue d'une famille engagée à gauche, elle s'est immédiatement reconnue dans l'idéal de justice sociale que je compte réaliser à Clichy. Elle a pris, peu à peu, une place importante à ma permanence et accumule les responsabilités. Infatigable, toujours disponible, elle est l'un des piliers de mon action. La vie publique n'empêche pas la naissance des sentiments. Nous avons compris l'un et l'autre qu'au-delà de notre engagement nous souhaitions fonder une famille. Elle m'a donné deux petites filles.

Elle décroche :

— Christel, c'est mamie Erna. Je viens de recevoir un coup de téléphone étrange du docteur Maréchal. Il cherche à joindre Didier.

— Il est parti ce week-end en Autriche. Il rentre demain.

— Je suis inquiète. Peux-tu joindre Maréchal à l'hôpital ? Tu me rappelles ensuite. Je te donne son numéro.

L'idée de parler à Maréchal n'enchante pas vraiment Christel. Elle sait qu'il a été le médecin traitant de ma mère. Elle sait aussi qu'il a aidé Catherine, ma première femme, lors de notre séparation. Elle remet l'appel à plus tard.

Vingt minutes après, c'est Erna à nouveau :

— As-tu eu le docteur ?

— Non, pas encore.

Christel continue à faire la morte.

Béatrice, la secrétaire de la permanence, lui annonce que ma mère est en ligne pour la troisième fois et qu'elle souhaite lui parler.

Christel se dit qu'elle ne peut plus ignorer le docteur. Au même moment, Béatrice la prévient qu'un monsieur Maréchal est en ligne.

— Passez-le moi.

— Bonjour. Je cherche à joindre Didier Schuller.

— Il est absent de Paris pour la journée. Vous avez un message ?

— Non, mais c'est très important. Je dois lui parler personnellement.

Il doit la prendre pour une secrétaire. Elle se présente :

— Docteur, je viens de recevoir un coup de téléphone d'Erna. Elle se demande si quelque chose de grave est arrivé. Je suis Christel.

— Vous pouvez rassurer Mme Schuller. Il faut absolument que je parle à Didier. Dites-lui qu'il ne sera pas déçu... C'est pour son bien. Pouvez-vous le joindre ?

— Bien sûr.

— Je serai ce soir jusqu'à 20 heures à l'hôpital et, après 22 heures 30, au numéro suivant...

— Je transmets le message.

Je me décide à appeler Maréchal.

— Docteur ? Didier Schuller. Qu'y a-t-il ? C'est pour ma mère ou pour Catherine ?

— Non, rassurez-vous. Il s'agit de quelque chose qui vous concerne personnellement. Votre nom est cité dans *Le Canard Enchaîné*, à propos des fausses factures du RPR.

— Oui, et alors ?

— Je ne peux rien vous dire au téléphone.

— Je suis dans un chalet perdu, en Autriche, au milieu des alpages et des vaches laitières. Je ne vois pas qui peut m'écouter ? Quant à vous, à l'hôpital américain...

Il reste silencieux quelques instants. Je sens qu'il hésite. Puis il me dit :

— Il faut que je vous voie d'urgence, dès votre retour à Paris.

— Mais pourquoi ?

— Parce que le juge chargé de l'enquête sur les fausses factures du RPR, Éric Halphen, c'est mon gendre.

Une heure plus tard, je quitte le chalet comme prévu. Fatigué par le grand air, je décide selon mon habitude de m'arrêter pour dormir à Bâle. Je vais poursuivre le lendemain matin vers l'Alsace d'où je prendrai l'avion pour Paris.

Une proposition indécente

Mardi 11 octobre, 21 heures.

L'hôpital américain a son allure nocturne. Établissement réservé aux riches, il n'étale aucun signe de luxe et pourtant on n'a pas l'impression d'entrer dans une usine à soins. Parmi les bureaux du service des consultations, se trouve celui de Maréchal : une salle d'attente décorée par des peintures étranges et un cabinet encombré de trophées de chasse africains, de meubles hétéroclites, d'un divan où se libèrent les consciences.

Maréchal n'a pas changé. Je reconnaîs l'homme chaleureux et bavard que j'ai connu en 1988. Il est vêtu d'une blouse blanche qu'il porte à même la peau. Je n'ai jamais pratiqué les psychiatres ou les psychanalystes et me suis toujours montré réservé à leur égard. Le vieil adage « ils sont plus fous que leurs patients » se vérifie parfois. Ce n'est pas le cas de Maréchal.

Il entre tout de suite dans le vif du sujet.

— Je vous ai fait venir d'urgence pour m'entretenir avec vous des problèmes actuels du RPR avec la justice. Le juge Halphen est mon gendre. Ma fille est elle-même magistrate à Paris. Halphen est engagé politiquement à gauche. Avec cette affaire il souhaite aller très loin et très haut. Je crois qu'il est soutenu par l'entourage de Mitterrand.

— Et vous-même, docteur, politiquement, vous vous situez où ?

— Au RPR. C'est pourquoi j'ai voulu vous parler. Je connais, par votre mère, votre position. Vous êtes un proche de Charles Pasqua. J'avais pensé le toucher directement mais puisque je pouvais vous joindre... Vous saurez faire passer mon message plus vite et plus facilement.

— Comment avez-vous pensé à moi ?

— Votre nom est apparu à plusieurs reprises dans

Le Canard, à propos d'affaires concernant le dossier que traite mon gendre. Alors, j'ai pensé...

— Votre gendre vous a parlé de moi ?

— Nous avons évoqué votre nom dans un dîner. Je lui ai dit que je connaissais votre mère. Il m'a affirmé que vous n'étiez pas au centre de son dossier, que vous étiez un personnage de second plan. Je crois quand même que vous pourrez transmettre ma proposition aux principaux intéressés. Mais d'abord, les yeux dans les yeux, qu'en est-il des fausses factures des Hauts-de-Seine et à Paris ?

— Les yeux dans les yeux, docteur, je vous répondrai pour les Hauts-de-Seine. Mais j'ignore tout de l'OPAC de Paris. Pour nous, les choses sont claires. L'OPDHLM a eu recours à des entreprises qui travaillent aussi avec Paris et qui, à ce titre, sont actuellement soumises à l'enquête de votre gendre. Je peux vous affirmer, que pour l'Office HLM du 92, l'ensemble des marchés publics a été épluché à de nombreuses reprises par les différents corps de contrôle spécialisés : Inspection des finances, Cour régionale des comptes, Inspection du ministère de l'Équipement et du logement. Et mon entrée en politique comme candidat contre le maire socialiste de Clichy nous a valu, je peux vous l'assurer, de 1988 jusqu'en mars 1993, d'être particulièrement « gâtés ». En aucun cas, l'Office départemental du 92 n'a participé à l'établissement de fausses factures.

— Une bonne chose, qui va me simplifier le travail. Je sais par ma fille que mon gendre s'apprête à mettre en difficulté des personnalités importantes du RPR. Notamment Michel Roussin, ministre de Balladur et ancien directeur de cabinet de Jacques Chirac[1]. Je peux faire quelque chose pour lui. D'abord par solidarité politique. Cela m'embête qu'un juge, fût-il mon gendre, mette en péril ce que le RPR, avec Chirac, a réalisé, surtout à quelques mois de la présidentielle. Si Delors est candidat, la partie n'est pas jouée. Le RPR aura suffisamment à faire sur le terrain pour ne pas devoir se battre contre la justice. Il me semble que je détiens les clés, tout au moins la garantie d'une certaine tranquillité sur ce plan-là...

— Comment cela ?

— Ce que je peux faire, je le fais d'abord par conviction politique, pour me rendre utile mais, dans la vie, tout a un prix... Je vous propose d'intervenir auprès de mon gendre pour stopper, ou au moins freiner et orienter dans d'autres directions le cours de son instruction. En échange de ce service qui n'est pas négligeable, j'attends de vos amis politiques une compensation financière à la hauteur de mon intervention. Un « gros paquet d'argent ».

Je suis abasourdi. Maréchal bluffe-t-il ? Intrigué, je décide d'en savoir plus.

— À quel genre d'intervention pensez-vous ?

— Écoutez, cher ami, je ne peux pas tout vous dire. Mais je vous assure que j'ai les moyens de pression qu'il faut pour faire plier mon gendre. Il est inquiet. Depuis qu'il a reçu une lettre de menaces le mois dernier, il a peur. Disons que c'est une histoire de famille. Par ma fille, avec l'aide de ma femme, je me fais fort d'obtenir satisfaction. Je comprends que

1. Michel Roussin obtiendra finalement un non-lieu.

vos amis politiques ne paieront pas pour voir, ils paieront au fur et à mesure des résultats. Ils jugeront sur pièces... Mon gendre est très influençable. J'en fais mon affaire.

Je regarde Maréchal. Il est serein. Pourtant ce que je viens d'entendre me glace le sang. Cette histoire semble sortir tout droit d'un mauvais scénario de polar de série B. Faire pression sur un juge d'instruction... Ce type est fou ! Pourquoi me raconte-t-il toute cette histoire ? Oserait-il bluffer Chirac et Pasqua, leur demander de l'argent et les arnaquer ? Non, il doit dire la vérité. Tout cela pue. Il faut que je me sorte de cette situation. Je ne dois surtout pas le brusquer. S'il m'en voulait, quelle réaction aurait-il ? Compte tenu de ce qu'il vient de m'apprendre sur ses rapports avec son gendre, j'ai intérêt à être sur mes gardes.

— Docteur, je suis trop modeste dans la hiérarchie du RPR pour mener à bien cette négociation. Mais je peux vous trouver quelqu'un qui sera mieux placé que moi et plus à même de discuter des modalités techniques.

— Vous pensez que je peux rencontrer cette personne prochainement ?

— Je l'appelle dès demain matin et je vous tiens informé.

— Mon gendre s'imagine être sur écoutes. Moi, je me méfie. Cela me gêne que vous m'appeliez sous votre vrai nom pour me parler de cette affaire...

Nous sommes convenus d'utiliser des pseudonymes : « docteur Meyer » pour Maréchal, « docteur Oppenheimer » pour moi.

Il se lève, ouvre une porte attenante à son cabinet. Dans une petite pièce, il se dirige vers un réfrigérateur d'où il sort un excellent whisky que nous dégustons tout en continuant à discuter. C'est alors qu'en évoquant des relations communes, notre appartenance mutuelle à la franc-maçonnerie apparaît, comme il le dévoilera après son arrestation. Je lui précise que, depuis mon entrée active en politique en 1988, j'ai pris pas mal de distance avec les maçons. Il me dit qu'il en est de même pour lui. Toujours est-il qu'à partir de cet instant, selon la tradition, nous nous tutoyons. Il me parle de sa fille, magistrate à Paris, pour qui il nourrit une véritable passion.

— Didier, à propos d'Hélène, j'aurai un service à te demander à toi, personnellement. Pour des raisons personnelles, je souhaiterais qu'elle ait une promotion. Elle est juge d'application des peines à Paris et je crois que son supérieur lui pose des problèmes de carrière. Tu dois avoir dans tes relations de quoi l'aider. Je t'en reparlerai le moment venu...

Il est tard. Je promets de l'appeler dès le lendemain.

Entrée de François Szpiner

Christel, qui m'attend, s'étonne de me voir rentrer si tard.

— Que te voulait le mystérieux docteur Maréchal ?

— Tu ne vas pas en croire tes oreilles.

Je lui raconte notre entretien.

Elle est sidérée.

— Soit il est fou, soit il est sérieux. Dans les deux cas, qu'est-ce que vas-tu faire ?

— Je n'en sais rien. Je ne peux pas ne pas transmettre son message. Il tient peut-être la présidentielle entre ses mains. Si, comme il me l'a affirmé, son gendre est de gauche et qu'il est l'homme de l'Élysée, on ne peut pas ne pas en tenir compte.

— C'est trop délicat. Repasse le « bébé » à quelqu'un d'autre.

— Il faut surtout faire attention. C'est un homme qui a le goût du pouvoir et le don de la manipulation. Pour l'amadouer je lui ai dit que j'allais le mettre en relation avec quelqu'un de plus compétent.

Reste à trouver la bonne personne. Nous pensons à Jean-Yves Cavallini, l'avocat de Chirac et de Pasqua, Jean-Yves, que je connais depuis plus de quinze ans, est brillant, discret, efficace. Sans ambition politique, toujours à l'écoute de son interlocuteur, il a une clientèle importante. Associé de Patrick Devedjian pendant de longues années, il partage son admiration pour Chirac. Ils ont adhéré au RPR dès 1976. Corse par son père, Jean-Yves comprend les gens de l'île. Il connaît leur goût du secret, cette façon qu'ont les Corses de ne jamais tout dire ou d'en dire trop. Je décide de le joindre le jour suivant.

Et j'en parle d'abord à un de mes vieux amis, l'avocat Francis Szpiner.

Nous nous sommes connus en mai 1974 et d'abord copieusement détestés. Il était un des lieutenants d'André Maroselli. Chaban venait d'être battu à la présidentielle.

Ma rivalité avec Szpiner s'est apaisée, et, si nous ne sommes pas restés longtemps chez les radicaux, notre sensibilité, notre attachement aux valeurs républicaines, notre histoire, tout nous rapprochait. Nous avons appris à nous apprécier. Trop brillant pour être un simple vassal, il a traversé les années Mitterrand sans y trouver ni avantages, ni ruban rouge. Il défendit avec succès quelques « gros poissons » comme l'« Empereur » Bokassa. Le talent avec lequel il permit à Christian Nucci de se dégager de l'affaire du Carrefour du développement mérite d'être admiré. À trente-cinq ans à peine, malgré sa réussite, Francis décida de tout plaquer et de partir avec sa femme pour la Polynésie, comme directeur de cabinet du président du territoire. La défaite électorale de celui-ci permit, au bout d'un an, son retour au Barreau de Paris.

La nuit a été courte et la journée riche en émotions. Je me couche, très fatigué.

Au matin, je joins Cavallini qui me reçoit immédiatement. Après m'avoir écouté, Jean-Yves accepte de m'accompagner le soir même chez Maréchal. J'appelle « Meyer ». Nous convenons de nous retrouver à l'hôpital américain.

Je déjeune rapidement avec Szpiner. Là encore, j'essaie de lui résumer ma conversation avec Maréchal. J'insiste sur ce qui est ma conviction : le docteur n'est pas fou. Francis me conseille de sortir au plus vite de ce bourbier. Je lui parle de mon idée de passer l'affaire à Cavallini.

— Jean-Yves est d'accord.

— Ce n'est pas un cadeau que tu lui fais, me

répond-il. Raconte-moi demain comment ça s'est passé.

Pasqua réagit

Le soir, après le dîner, je passe chercher Jean-Yves. Nous arrivons après avoir mis un scénario au point : je le conduis au docteur et je les laisse seuls.

Je présente donc Cavallini à Maréchal, en lui précisant brièvement les liens qu'il a avec les principaux dirigeants du RPR. Puis, je signale que je souhaite partir. Leur discussion ne me regarde pas. Cavallini est désormais son « correspondant ». Maréchal accepte cette proposition et je quitte l'hôpital. J'y suis resté à peine cinq minutes. Jean-Yves me raconte tout le lendemain.

Maréchal lui a répété pour l'essentiel ce qu'il m'a dit mardi soir. Quant à la compensation financière, il n'a donné aucun chiffre précis. Jean-Yves pense qu'il s'agit d'une grosse somme. Maréchal souhaite faire vite. Il semble y avoir urgence. Il lui a parlé de Roussin, de sa future mise en examen. Cavallini a promis de transmettre le message au plus haut niveau et, tout en restant évasif, a précisé qu'il faut se méfier. Tout cela allait prendre du temps. Déçu, Maréchal en accepte le principe.

— Pour moi, me dit Jean-Yves, il n'est pas clair. Je crois qu'il peut influencer son gendre. Il le tient. C'est moche. En tout cas, tenons-nous à l'écart de ce bonhomme. Il n'y a que des coups à prendre.

Après avoir réfléchi, je décide de parler à Pasqua de Maréchal et de sa proposition.

La réaction du ministre de l'Intérieur est immédiate :

— Essayer d'acheter ou d'influencer un juge d'instruction par l'intermédiaire de son beau-père ! Tu n'y penses pas ! C'est une histoire démente. Pour étouffer un éventuel recel de biens sociaux, nous risquerions les Assises !

Il se propose néanmoins, compte tenu de l'implication de Roussin, d'en parler à Balladur. Celui-ci est absent. Pasqua appelle Bazire[1] devant moi.

Dès le vendredi 14 octobre une réunion se tient à Matignon. Que faire ? Faut-il accepter de payer Maréchal pour sauver Roussin ?

Matignon choisit de ne pas donner suite et de ne prendre aucun contact avec Maréchal. Lorsque j'apprends cela, je fais une croix sur le docteur. Je n'en parle pas à ma mère mais je donne des consignes précises à Christel : aucun contact avec un certain « Meyer ». S'il appelle à la permanence, le filtrage du secrétariat doit être efficace.

Nous sommes le 17 octobre.

J'ai oublié Maréchal. Curieusement, la presse nous laisse en paix. On ne parle plus de l'Office HLM des Hauts-de-Seine dans l'enquête sur les fausses factures de la région parisienne qui s'oriente sur Paris et la Région Ile-de-France.

Roussin est contraint à la démission lorsque le juge

---

1. Directeur de cabinet de Balladur.

Halphen le met en examen pour recel d'abus de biens sociaux.

Maréchal se souvient de moi

En novembre, Christel m'apprend que « Meyer » a cherché à me joindre à la permanence.

Nous avions arrêté une stratégie et ne devions pas en changer : il n'était pas question de monnayer une quelconque intervention de Maréchal. Quant aux instances supérieures, elles avaient pris la même décision.

Personne ne paierait les services du docteur. Cavallini continuerait, lui aussi, à faire le mort. Il n'avait pas repris contact avec Maréchal.

C'est lui qui se manifeste. Sans nouvelle ni de moi, ni de Cavallini, il ne comprend pas la raison de notre silence. Ne nous a-t-il pas assuré de son influence ?

Il décide de relancer Cavallini et se déplace lui-même pour déposer à son domicile un mot écrit de sa main, sur lequel on peut lire : « À très bientôt, j'espère. »

Nous sommes début décembre. Le 13 du mois, son gendre, accompagné de sa garde rapprochée, déboule à ma permanence pour une perquisition.

L'ÉTRANGE PERQUISITION

Christel a rendez-vous chez son banquier. Rachid, un militant RPR, qui sait où elle se trouve, débarque à la banque et demande à la voir. Il est tout pâle. Il lui chuchote à l'oreille qu'il y a plein de policiers à la permanence. Elle le calme et s'excuse auprès de son interlocuteur :

— Je dois partir. Une urgence. Je reviendrai vous voir tout à l'heure.

Le chemin de retour lui semble long. Elle veut savoir si la présence policière est visible de l'extérieur. Nos adversaires politiques, installés sur le trottoir d'en face (seule la place de la Mairie nous sépare), ne manqueront pas d'exploiter un tel incident.

Mais que cherchent ces policiers ?

La permanence semble déserte. Christel aurait pu croire à une blague, si elle n'avait vu le visage inquiet de Gisèle, une retraitée qui assure l'accueil du matin. Gisèle ne dit rien, mais elle fait un signe de la main pour indiquer la direction du bureau. Christel s'y rend sans un mot.

Quand elle arrive dans la cour, celle-ci est noire de monde. Rachid a dit vrai. Il y a des policiers partout. Un homme de taille moyenne, nerveux, se précipite vers elle.

— Juge Halphen. On perquisitionne.

Elle reconnaît celui dont la photo commence à apparaître dans les journaux, le disciple du juge Van Ruymbecke, le tombeur de Roussin. Halphen dans notre permanence ! Elle en a le souffle coupé. Reprenant ses esprits, elle salue tout le monde en se présentant. Les policiers congédient Béatrice, la secrétaire. Christel se retrouve seule avec eux.

Le juge semble pressé. Il souhaite rencontrer tout de suite le responsable du journal *Le Clichois*. Il est déçu quand Christel lui dit que c'est elle. Présidente de l'association depuis cinq ans, elle s'occupe de la comptabilité, de la recherche de publicités, de l'organisation des manifestations.

— Puisque c'est vous, présentez vos papiers. Nous voulons voir la comptabilité du *Clichois*.

Les policiers et Halphen repèrent une armoire où se trouvent la comptabilité du *Clichois* et celle du RPR. Le juge redoute, semble-t-il, une erreur de procédure, son mandat de perquisition se limitant au *Clichois*. Il se tourne vers le substitut du procureur présent et l'inspecteur chef divisionnaire Georges Poirrier, dit « Facturator ».

— Messieurs, notez que je perquisitionne le journal *Le Clichois* et non pas la permanence RPR. Je ne saisis aucun document du RPR.

Il demande à Christel de sortir elle-même les livres de comptes, les facturiers, les journaux. Les policiers et le magistrat se mettent au travail. Halphen, toujours accompagné de Poirrier, se jette avidement sur les livres de banque et paraît jubiler en voyant la liste des annonceurs. Il pointe du doigt des noms qui doivent lui évoquer beaucoup de choses.

Christel assiste à ce remue-ménage. Les policiers entrent et sortent du bureau, contrôlant les factures, feuilletant les journaux, épluchant les relevés bancaires.

Sur un mur nous avons accroché le plan de la ville avec, inscrits par bureau de vote, les résultats des dernières élections cantonales de mars 1994 : 52 % des voix contre 48 % pour le maire socialiste en place, conseiller général sortant.

Ce plan de Clichy résume cinq années de travail, d'investissement quotidien, de moments difficiles, de doutes, de crises, de coups durs. C'est aussi le résultat d'une campagne, la première que Christel a menée de A jusqu'à Z. Elle se rappelle le soir de la victoire, le bonheur partagé de celles et de ceux qui ont donné beaucoup d'eux-mêmes, les rendez-vous à huit heures du matin les samedis et dimanches pour « faire les marchés », les mamies frigorifiées qui distribuent des tracts, qu'il pleuve ou qu'il neige, et que rien ne peut arrêter, les copains toujours disponibles. Sur la carte de Clichy figurent en rouge les quartiers difficiles, là où il faut encore se dépenser pour être majoritaire. Il n'en reste plus beaucoup.

L'un des policiers interpelle Christel :

— Selon ce plan et les résultats qui y figurent,

Didier Schuller devrait être élu maire de Clichy, lors des prochaines municipales...

C'est la première fois que mon nom est prononcé depuis le début de la perquisition. Christel se demande ce que l'homme sous-entend par là. En le regardant, elle comprend qu'il ne cherche qu'à être courtois, à briser un silence qui dure depuis de longues minutes.

Halphen surgit et s'adresse brutalement à Christel :

— J'espère que vous avez remarqué qu'il n'y a pas de journalistes, ce matin.

— En effet. Pourquoi ?

— Les fuites ne viennent pas toujours des magistrats ou des policiers. Elles sont souvent le fait d'avocats trop bavards.

Elle reste sans voix. Le juge veut peut-être qu'elle le remercie de ne pas avoir convoqué la presse. N'est-ce pas dans sa fonction de veiller au secret de l'instruction ? La liberté du citoyen ne l'oblige-t-elle pas au respect de cette règle fondamentale qui permet de préserver, le plus longtemps possible, la « prétendue » présomption d'innocence ?

— Monsieur le juge, je ne peux qu'exprimer mon souhait de ne pas donner à votre visite plus d'importance qu'elle n'en mérite. Vous comprendrez qu'en période préélectorale, toute publicité faite autour de cette perquisition ne pourrait que nuire à notre action politique.

— Quand il s'agit de violation du secret de l'instruction pour les autres, vous êtes moins regardants !

En ce qui me concerne, vous pouvez compter sur moi.

Christel se rappelle alors ce que Maréchal a dit d'Halphen :

— Mon gendre est un juge de gauche, très engagé politiquement.

Entre-temps, Halphen a été rejoint par Poirrier, le spécialiste du Huitième cabinet de la section financière, l'homme de toutes les enquêtes.

Poirrier a une qualité, celle de se faire oublier. Effacé, courtois, il est sans âge. Seul son front dégarni trahit le passage du temps. Il est précis. Il sait où il va, ce qu'il cherche. Il semble exercer une grande influence sur le juge. Leur différence de comportement est visible. Si le juge paraît encore vert, Poirrier, lui, est un fruit mûr.

Les policiers ont fini leur travail. Ils procèdent à l'audition de Christel.

Le bureau exigu peut à peine contenir tout le monde. Poirrier ouvre son ordinateur. Halphen se tient debout, à ses côtés, au coude à coude avec la greffière. Christel s'est assise. Elle sent derrière elle la présence d'autres personnes : le substitut du procureur, deux policiers. Le reste de l'équipe est parti attendre au café d'à côté. Les minutes s'écoulent dans un silence pesant, en attendant que Poirrier termine de taper son préambule.

Christel observe Halphen. Trente-cinq ans environ, brun, le teint mat. Quand il sourit il ne manque pas de charme. On dirait un éternel étudiant.

Il ne cesse de s'agiter. Sa fébrilité est renforcée par la manière dont il s'exprime, jamais posément mais par saccades. Le gendre de Maréchal sait-il ce que son beau-père pense de lui ?

Poirrier commence l'interrogatoire. Rien n'est laissé au hasard. Il a établi au préalable sur un bout de papier la série de ses questions qu'il raye avec application à mesure qu'il obtient les réponses. Deux heures d'audition pour un peu plus d'une page de procès-verbal ! Il ne reste plus qu'à le relire et à le signer, sans avoir droit à une copie, puisque telle est la loi.

Les policiers saisissent un livre de comptes, des photocopies du *Clichois* et notre répertoire téléphonique. Lorsque Halphen en commence la lecture, il réagit comme pour le livre de banque : il cherche avidement des noms. À la lettre « I », il marque un temps d'arrêt, puis s'adresse à Poirrier :

— Regardez, Institut du citoyen ! C'est Giraud[1] ! Madame, qui est votre contact là-bas ?

Christel n'a jamais fait appel aux services de l'Institut ; elle n'a aucun nom à donner. Elle s'étonne de la manière dont le juge s'attarde sur Giraud à partir du numéro de l'Institut. En relisant attentivement le procès-verbal, elle se demande pourquoi ces fonctionnaires de police se sont déplacés. Cela ne valait pas la peine de faire venir tant de monde pour identifier les annonceurs du journal. Il aurait suffi de feuilleter des vieux numéros. Quant aux tarifs publicitaires, une simple demande ferait l'affaire.

Pourquoi le juge Halphen est-il là ? Christel repense à Maréchal. Se peut-il que, vexé par mon

1. Ministre du Travail, président du Conseil régional d'Ile-de-France.

silence, il ait manipulé son gendre ? En a-t-il parlé à sa fille ? Non, ce n'est pas possible ! Pourtant, le doute s'installe.

La perquisition est terminée à 13 heures 30.

Christel me retrouve à la fin du déjeuner qui clôture les conseils d'administration de la SEMARELP[1]. Je suis le conseiller du président depuis de longues années.

Elle me raconte la perquisition. La présence du juge Halphen, venu chez nous en dehors de sa juridiction, m'intrigue. Surtout pour une banale vérification comptable. Cavallini, que je consulte, me confirme dans la journée qu'il est rare qu'un magistrat se déplace pour cela.

— En général, il se montre quand il a de mauvaises intentions. Ou pour intimider.

Le lendemain après-midi, des journalistes cherchent à me joindre au téléphone. Une dépêche de l'AFP vient de tomber. Elle commente la perquisition de Clichy.

Le financement du Clichois

Christel est furieuse. Elle se sent trahie. Le secret de l'instruction devrait être respecté. On ne peut pas ignorer les effets politiques désastreux d'une pareille annonce. Elle manque défaillir quand elle s'aperçoit que la dépêche officialise le tarif de 108 000 francs

1. La Société d'économie mixte d'aménagement de Levallois-Perret.

pour nos pages de publicité. Elle pensait que la visite du juge allait mettre un terme à cette fausse information qui, par le biais du *Canard Enchaîné*, a été reprise dans les journaux.

Je lui demande de faire le point. Je ne me suis jamais occupé du financement du journal. Les choses sont simples. Pour les années 1989 et 1990, le tarif des pleines pages était de 100 000 francs. Deux ou trois pages, tout au plus, ont dû être vendues à ce prix. Dès 1991, les tarifs ont été modifiés à la baisse, la pleine page variant entre 30 000 et 50 000 francs. Devant la difficulté de vendre les espaces publicitaires, Christel avait décidé de pratiquer des tarifs plus attrayants, ce que firent aussi, étant donné la conjoncture économique, les autres journaux, nationaux et locaux.

Pourquoi l'AFP, précisant ses sources, parle-t-elle de publicités à 108 000 francs ? Halphen a-t-il intérêt à laisser se répandre une telle désinformation ?

Le prix de la page de publicité dans *Le Clichois* est un détail, un détail qui a fait couler beaucoup d'encre et participé à la campagne de dénigrement dont nous avons été les victimes. Il est révoltant de ne pas être cru lorsque l'on dit la vérité. *Le Clichois* est un journal dit « politique » et, comme les milliers de journaux de ce type en France, il est financé uniquement par de la publicité. Pour un candidat aux élections municipales, c'est un instrument de communication, le seul moyen de se faire connaître, de présenter un programme et une équipe. C'est aussi sa seule arme pour analyser et critiquer l'action ou le bilan de la municipalité en place.

Comment un candidat sérieux peut-il faire passer ses idées sans un journal, quand il a en face de lui un maire, comme c'est le cas à Clichy, qui dépense plus de 20 millions de francs de fonds publics pour sa propagande électorale ? *Le Clichois* a été un support essentiel de mon engagement. En le lisant, des milliers d'électeurs qui, depuis des années, subissaient la propagande de Catoire, ont eu enfin accès à une autre information. Et les résultats ont témoigné de leur prise de conscience.

Mars 1992. Je suis élu conseiller régional d'Ile-de-France, la liste d'union RPR/UDF arrivant en tête.

Mars 1993. La droite, aux législatives, est enfin majoritaire à Clichy, ce que Charles Pasqua, élu député de Clichy-Levallois en 1968, n'a pas obtenu.

Mars 1994. L'ex-canton communiste de Clichy, détenu depuis 1988 par le maire socialiste, tombe. Je viens d'être élu conseiller général des Hauts-de-Seine. Les observateurs qui connaissent l'histoire de notre ville, considèrent cette élection comme le premier tour des élections municipales. 52 % des Clichois m'ont accordé leur confiance. La légitime alternance démocratique se concrétise l'année suivante.

Sans argent, pas de journal. Pour nous faire taire, on dénonce nos sources de financement. Louis-Marie Horeau, journaliste au *Canard*, me l'a rappelé après l'arrestation de Maréchal :

— Il est dans notre rôle de nous moquer de votre « feuille de chou » électorale et de révéler ses tarifs pub. Mais il n'y a rien d'illégal à ça. Une page de pub peut se vendre un franc ou un million de francs.

Depuis des années la jurisprudence a consacré le principe selon lequel « il n'y a pas de prix au mille ». Quel que soit le tirage du journal, le tarif publicitaire est libre.

Pendant ce temps, de l'autre côté de la place...

Très affecté par sa défaite aux élections cantonales, Catoire doit affronter une crise sans précédent au sein de sa section socialiste. Nombreux sont ceux qui considèrent la défaite du maire comme la sienne et non pas celle du parti. Les militants se chamaillent, les élus se déchirent. Ils sont déjà nombreux celles et ceux qui veulent le remplacer. Catoire fait front et contrôle sa section. Quant aux élus, ils sont divisés, ce qui lui permet de conserver une majorité au sein du conseil municipal après avoir négocié avec le PC.

Mais, début septembre, Catoire apprend qu'il devra se battre sur un autre front. Plus difficile celui-là. Fin juin, une enquête préliminaire, menée par la PJ de Nanterre, a été ouverte pour faire la lumière sur les opérations financières de la SEM [1] Communication, créée par lui et pour lui. L'enquête pourrait s'intéresser à l'imprimerie de Torcy et chercher les liens éventuels entre le financement du bulletin municipal et de son journal politique, sur les fameux « comptes papier ».

Catoire constate que l'enquête en cours progresse. A-t-il voulu, en spécialiste de la rumeur, jeter une

1. SEM : Société d'économie mixte

pierre dans le jardin d'en face, pour se faire oublier ? Il l'a toujours contesté.

De fausses factures

La perquisition au *Clichois* fut présentée par la presse comme le premier acte d'instruction du juge Halphen dans l'affaire dite « des fausses factures de la région parisienne à connotation politique ».

Tout démarre autour de la mise en cause de Poullain.

Lié au RPR, connaissant un grand nombre de ministres et d'élus, il a bâti en une quinzaine d'années un groupe de taille respectable, spécialisé dans la peinture et le ravalement. Qu'a fait Poullain pour arriver à ce résultat ? Il a, en jouant de son personnage sympathique, toujours prêt à rendre service, utilisé son carnet d'adresses. La qualité des travaux réalisés, les prix pratiqués et son travail personnel – il est présent dès six heures du matin sur les chantiers, encore sur le pont à une heure du matin dans une réception mondaine ou un meeting – ont fait le reste. Rien d'illégal dans ces démarches. Chevalier de l'Ordre national du Mérite, l'ancien policier devenu entrepreneur a gravi rapidement les marches de la reconnaissance sociale.

Pour les vingt ans du fleuron de son groupe, la Société d'application et de revêtement (SAR), il invite le Tout-Paris. Autour du ténor Pavarotti et de Mme Chirac, se pressent le ministre du Logement, Hervé de Charrette, le ministre du Travail, Michel

Giraud, l'ancien ministre Robert Pandraud, le préfet de police Philippe Massoni et le préfet du Val-de-Marne, ainsi que de nombreux élus nationaux et régionaux. Ce fut le Capitole de Poullain. La Roche Tarpéienne n'était pas loin.

Fin juillet 1994, un coup de tonnerre retentit dans le monde du bâtiment parisien : Poullain est mis en détention provisoire à la Santé par un juge d'instruction de Créteil... Éric Halphen. Il y reste quarante et un jours.

L'enquête d'Halphen cherchait à démontrer que, tant à la région qu'à l'OPAC, il existait une structure ressemblant aux bureaux d'études proches du PC (comme le Bérim) ou du PS (Urba Conseil), qui intervenait dans la désignation des entreprises travaillant avec ces organismes. Outre Poullain, Jean-Claude Méry en fit les frais. Il fut emprisonné pendant plus de cinq mois par le juge Halphen. Je n'ai pas le souvenir qu'aucun dirigeant de bureaux d'études communiste ou socialiste ait eu à subir la moindre incarcération.

J'ai fait la connaissance de Poullain au Racing Club dont je suis membre depuis 1973. Je l'ai retrouvé professionnellement en prenant la direction de l'OPDHLM 92, fin 1986. Nous avions la même passion pour la chasse à l'approche du grand gibier. J'ai pu l'inviter à de nombreuses reprises. On m'a reproché cette fréquentation. Faut-il rappeler que n'ayant aucune responsabilité, depuis 1987, dans la procédure d'attribution des marchés publics de l'Office, je n'ai pas de comptes à rendre sur mes amitiés ? Mais mes relations avec lui m'ont valu, dès septembre 1994, quelques soucis. Elles ont surtout permis à Maréchal de se souvenir de moi.

Poullain travaillait avec la Ville de Paris et la région Ile-de-France. Ma candidature à Clichy l'intéressait légitimement. Clichy est aux portes de Paris-Ouest, à côté de Levallois. Je l'ai déjà dit, la ville, après la défaite des socialo-communistes, a connu une forte expansion. Voulant y implanter le logo de sa société, à l'époque où la SAE régnait sans partage, Poullain choisit *Le Clichois* pour faire connaître son entreprise.

Aiguillage

L'entreprise de Poullain travaillant aussi dans les Hauts-de-Seine, c'était le moyen de raccrocher le 92, présidé par Charles Pasqua, à l'affaire des fausses factures touchant Paris et la Région.

Peu de temps après la mise en liberté de Poullain, les premières insinuations sur l'existence d'un financement occulte du RPR provenant des marchés publics de l'Office des HLM des Hauts-de-Seine commencent à circuler. Elles sont reprises par *Le Canard* du 21 septembre 1994, qui évoque « comment le journal électoral *Le Clichois* était depuis des années truffé de publicités payées par des entreprises travaillant pour l'Office, notamment celles de Francis Poullain. »

Le 5 octobre 1994, l'hebdomadaire titre : « Le juge teigneux angoisse aussi le clan Pasqua. » Son article évoque « des travaux d'installation de la permanence électorale de Schuller qui auraient été réalisés par des fournisseurs de l'OPDHLM 92, entre autres par des sociétés de Francis Poullain... Les anciens locaux parisiens de l'association "Demain la France[1]" avaient eux aussi bénéficié d'aménagements... »

J'estime que l'apparition du nom de Poullain, soupçonné d'avoir joué un rôle dans les financements destinés à l'OPAC de Paris mis en place par Méry, n'est pas étranger à cette « bifurcation » de l'enquête du juge Halphen vers les Hauts-de-Seine. La date du 21 septembre 1994 est intéressante : Méry sera placé en détention seulement le 29 septembre. Poullain a-t-il été mis au courant par Maître Cahen, son avocat, de notre réunion, début août, à Port-Grimaud, au cours de laquelle Méry m'avait fait part de ses inquiétudes ?

Il semble évident que, du côté de Chirac, on a enfin compris la « trahison » de Balladur et son intention de briguer la présidence de la République. L'affaire Poullain, qui se transforme fin septembre en affaire Méry, puis en novembre en affaire Roussin, vise Chirac lui-même.

Il faut détourner le ballon en touche et tenter d'orienter l'enquête vers les balladuriens, et vers le plus puissant d'entre eux, Pasqua, dont je suis le lieutenant.

Halphen comprendra-t-il qu'il est une balle de

---

1. « Demain la France », association présidée par William Abitbol, alors proche conseiller de Charles Pasqua (aujourd'hui rallié à Jean-Pierre Chevènement). Cette association va jouer un rôle essentiel dans le financement de la campagne pour le NON au référendum relatif au traité de Maastricht.

ping-pong entre les deux clans politiques qui sont prêts à aller jusqu'au bout dans la lutte pour l'Élysée ? En s'intéressant aux Hauts-de-Seine, téléguidé par des révélations « officieuses » d'un ou deux mis en examen, il va déclencher une tempête.

Deux considérations sont à prendre en compte :

La première est liée à l'élection présidentielle qui approche et à la guerre des chefs qui se profile. Halphen, ayant la réputation d'être proche de la gauche, tient par son action l'une des clés de l'élection. Il n'a certainement pas voulu manquer d'équité dans son instruction !

La perquisition effectuée à la Mairie de Paris, l'interrogatoire de la secrétaire particulière et du directeur de cabinet du maire de Paris menacent. Alors il faut affaiblir Balladur. Accrocher Pasqua, pilier du gouvernement Chirac, c'est la « voie directe » pour employer un terme de montagnard.

La deuxième tient à la personnalité même du principal des enquêteurs, Poirrier. Il ne fait aucun doute, il l'a dit à plusieurs témoins, qu'il ressent une certaine amertume depuis son enquête sur la Cogedim. Il la dirigea sous les instructions du juge David Peyron qui sera, sûrement un hasard, désigné pour instruire l'affaire Maréchal et est aujourd'hui le chef de la Section financière du Parquet de Paris.

On se rappelle comment les socialistes ont tenté d'utiliser l'affaire de la Cogedim pour faire oublier leurs propres turpitudes. La pression médiatico-policière exercée en cette fin 1990 sur le député-maire de Levallois, Balkany, par ailleurs président de l'OPDHLM 92, fut très forte. Lorsqu'elle retomba, on put s'apercevoir qu'aucun élément sérieux n'existait ni ne justifiait cette mise en cause. Et comme les électeurs de Levallois étaient satisfaits de l'action de leur maire, il obtint aux élections législatives de 1993 plus de 66 % des voix. Le suffrage universel est parfois la meilleure réponse aux calomnies et aux manœuvres.

LA PLAINTE DU 15 DÉCEMBRE

Le 15 décembre au matin, le Conseil général des Hauts-de-Seine tient sa séance publique relative au budget primitif de 1995.

J'arrive vers 9 heures.

Depuis avant-hier, je réfléchis à la perquisition de Clichy, à la façon dont elle s'est déroulée, à la présence du juge Halphen, au déploiement policier sans commune mesure avec le motif. Et surtout, au retentissement médiatique qui lui a été donné. Tout ça pour rien. Je n'arrive pas à effacer de mon esprit les phrases prononcées par Maréchal à propos de son gendre :

— Je le tiens. J'ai les moyens de pression nécessaires.

Elles tournent dans mon cerveau depuis deux jours. Je ne suis pas le seul à y repenser. Pasqua a dû réfléchir. Lui aussi s'imagine que Maréchal se sert de son gendre pour nous « rançonner ». J'ai eu à peine le temps de lui dire, lorsque je le salue : « Et si cette perquisition avait été manipulée par Maréchal ? », qu'il me répond : « Le mieux serait de porter plainte. »

Il a sa tête des mauvais jours. Alors, et je l'ai déjà remarqué, quelque chose change dans ses yeux : l'un garde son charme méridional, tandis que l'autre ressemble à la croix d'un viseur de lunette téléscopique. Parole de chasseur...

La sonnette annonçant le début de la séance publique retentit dans le hall de l'hôtel départemental le plus puissant de France. Je gagne mon siège pour répondre au traditionnel appel. Puis commence l'examen des différents rapports.

Je ne les écoute guère, toujours préoccupé par la perquisition, par l'éventualité de porter plainte. Au bout d'une vingtaine de minutes, l'idée d'aller réfléchir devant un chocolat chaud me pousse à quitter la salle.

Le bar est un endroit cosy. Il contraste avec le décor moderne des locaux publics du bâtiment du Conseil général. On s'y sent bien. C'est le lieu de rencontre entre les élus. Souvent, avec des journalistes ou des fonctionnaires de l'assemblée, on discute des grands et des petits dossiers du département. Dans la franche tradition républicaine, on retrouve des adversaires politiques, avec qui l'on vient de s'invectiver en public, et on trinque tous ensemble. Ma tasse est prête, fumante et crémeuse. J'y ajoute un sucre et je saisis un croissant au beurre qui fond dans la bouche. La secrétaire particulière de Pasqua, Marinette, pénètre alors dans le bar.

— Didier, il faut que tu montes tout de suite chez le président.

Elle me fait entrer dans le bureau de Pasqua. Ce n'est pas lui qui l'a aménagé. Il s'est contenté de reprendre les lieux et les meubles laissés, bien involontairement, par son prédécesseur, le sénateur-maire de Boulogne, Paul Graziani, lorsqu'il quitta en 1989 la présidence de l'assemblée départementale.

Marinette me propose de m'asseoir dans le fauteuil de Pasqua. Cela me fait une curieuse impression. Je ne me doute pas que ce siège va se transformer en une sorte de chaise électrique.

Elle me montre le téléphone et me prévient :

— C'est le directeur de cabinet du ministre.

— Monsieur Schuller, ici Lacroix. Je vous passe Monsieur Jacques Franquet, le directeur central de la police judiciaire.

Je ne connais ce haut fonctionnaire que par téléphone. Il a eu, avant et après sa nomination comme directeur de la PJ, l'occasion de me demander de réserver des logements sociaux à certains membres du personnel de la police.

— Je suis au courant de votre affaire. J'en ai discuté longuement avec le ministre. Souhaitez-vous porter plainte contre le docteur Maréchal ?

— J'avoue que la perquisition que vient de m'offrir son gendre, m'incite à prendre au sérieux ce que Maréchal a pu me dire quant à son prétendu pouvoir d'influence. Si c'est lui qui est à l'origine de cette intrusion, la seule façon de le savoir, c'est de porter plainte.

Je prends quelques secondes pour réfléchir. Ma

décision sera lourde de conséquences. Il est délicat de porter plainte contre un homme qui a des magistrats dans sa famille. Je me dis qu'après tout nous sommes en République. Même si les juges tiennent le haut du pavé, ils ne pourront pas être solidaires du beau-père de l'un d'entre eux qui s'arroge le droit de négocier une enquête de son gendre.

Je finis par me décider :

— Monsieur le directeur, je suis prêt à porter plainte.

— Dans ces conditions, j'arrive !

Dès l'arrivée de Franquet et de ses hommes, Marinette nous installe dans le bureau de Jean-Marie de Morant, le conseiller en communication de Charles Pasqua. Je raconte toute l'histoire aux policiers. Le commissaire divisionnaire Gilles Leclair, qui est chargé de l'enquête, prend des notes.

— Bon, dit-il, entendons les témoins. Pouvez-vous joindre Maîtres Cavallini et Szpiner, ainsi que votre compagne et leur demander de venir ? Il nous faut un dossier complet avant ce soir pour aller chez le procureur.

En attendant l'arrivée des témoins, s'engage une discussion qui va avoir une influence considérable sur toute l'affaire.

Une première dans les annales judiciaires

Franquet m'annonce que ma plainte aura des conséquences sérieuses. Elle va produire des remous. Ce sera une première dans les annales politico-judiciaires. Personne n'a encore osé porter plainte contre le beau-père d'un juge d'instruction. Il me met en garde :

— Avec cette démarche, vous avez plus à perdre qu'à gagner. Il n'y a que des coups à prendre !

Il a l'honnêteté de me dire :

— Votre nom a déjà été cité à plusieurs reprises dans l'enquête du juge Halphen. Et vous avez eu droit à sa visite dans votre permanence. Ne croyez-vous pas que votre plainte va être mal interprétée ?

— Je ne crains pas son instruction. Je ne porte pas plainte contre le juge, que je ne connais pas et à l'égard de qui je ne nourris aucun sentiment ou ressentiment. Mais Maréchal m'a, à plusieurs reprises, relancé depuis notre rencontre d'octobre. Il a, en plus, déposé un mot chez Cavallini quelques jours avant la perquisition de son gendre. J'ai la conviction que Maréchal ne ment pas quand il prétend qu'il a de l'influence sur Halphen. Tous ceux qui sont au courant de cette histoire, ont la même conviction que moi. Je veux en avoir le cœur net. Avec ma plainte, il y aura une enquête. Elle déterminera si Maréchal « tient » le juge.

— Je comprends votre raisonnement. L'enquête nous apprendra la vérité.

Le flagrant délit nécessaire

On me conseille de porter plainte contre Maréchal pour « tentative d'extorsion de fonds et trafic d'influence ».

Comment procéder ? Le directeur central de la police judiciaire et ses collaborateurs se concertent en ma présence. La qualité des personnes mises en cause amène les policiers à une évidence : seul un flagrant délit apportera une preuve matérielle suffisante pour vérifier mes dires. Ce flagrant délit doit se faire au plus vite. Il est décidé de ne pas attendre que Maréchal se manifeste. Je dois prendre l'initiative.

— Puisque son gendre est venu à votre permanence vous avez un prétexte pour l'appeler. Faites-lui croire que vous êtes paniqué, que vous avez de bonnes raisons d'accepter ses services. Comme cet argent, ce n'est pas à vous mais à Chirac ou à Pasqua qu'il le demande, n'hésitez pas à en faire beaucoup. Dites-lui que, là-haut aussi, ils sont très inquiets de la tournure que prend l'enquête d'Halphen. Ils sont prêts à payer, tout de suite et beaucoup. Ainsi, ses demandes formulées en octobre seront satisfaites. Il se sentira utile politiquement et son appât du gain sera comblé.

Les policiers ont choisi la stratégie ; je n'ai plus qu'à la mettre en œuvre. Ils veulent un flagrant délit pour se couvrir, pour que personne ne puisse leur prêter de mauvaises intentions. Le problème de la confidentialité est essentiel. Si on veut confondre Maréchal, il ne faut pas que celui-ci soit prévenu par son gendre ou par sa fille de ce qui se prépare contre lui.

Garder un secret est toujours compliqué. Comme la suite des événements le prouvera, la solidarité entre magistrats est forte. Comment va réagir le procureur de Paris en prenant connaissance du dossier ?

La plainte contre Maréchal peut porter préjudice non seulement à Halphen, mais à la « famille » des magistrats. Car il s'agit bien d'une sorte de famille. Ils se connaissent tous pour avoir fait leurs études ensemble ou avoir travaillé sur les mêmes dossiers. Ils ont souvent des liens de parenté. Si Cotte, par solidarité, prévient ou fait prévenir Halphen, ou sa femme, qu'il y a une plainte déposée contre Maréchal ? Alors, pas de flagrant délit. Il ne resterait plus dans le dossier que ma plainte, enregistrée par des officiers de la PJ qui seraient qualifiés de « flics de Pasqua », deux jours après une perquisition dans les Hauts-de-Seine.

En fonctionnaires avertis, Franquet et Leclair, qui connaissent les liens difficiles entre Police et Justice, craignent le pire. Éviter toute fuite est leur premier souci. Cette obsession leur fera peut-être commettre des actes qui auront pour résultat le contraire de ce qu'ils veulent éviter.

L'enquête m'échappe. Je suis entre les mains de policiers d'élite. Comme un patient avec son médecin, je vais obéir les yeux fermés et suivre, à la lettre, leurs consignes.

Christel me rejoint entre-temps. Je lui explique d'emblée que je porte plainte contre Maréchal. Elle tombe des nues. L'idée ne l'enchante guère. Malgré ses réticences, ma décision est prise.

Elle accepte de témoigner. Leclair l'emmène alors au siège de l'Office des stups pour enregistrer sa déposition. Il en est de même pour Cavallini et Szpiner. Avocats tous les deux, ils savent que leurs témoignages ne seront pas neutres. Connaissant les rouages judiciaires et la solidarité entre magistrats, ils craignent le pire. Néanmoins, ils ont vécu les événements, ils savent que je dis la vérité. Que la lumière soit faite et que la justice passe ! Ils ont, eux aussi, le courage de déposer.

Les « grands flics »

Il est environ 13 heures. Je décide d'inviter à déjeuner le directeur central de la police judiciaire (DCPJ) et ses deux principaux collaborateurs, Gilles Leclair et Bernard Petit. Nous quittons l'hôtel du département pour rejoindre l'annexe, située de l'autre côté de l'avenue qui borde le bâtiment où siège le Conseil général. Des salles à manger privées y ont été installées. L'ambiance est chaleureuse, les menus corrects et les prix abordables.

Je découvre le personnage de Franquet, un homme de taille moyenne, à la barbe poivre et sel parfaitement taillée près du visage. Il a une tête de professeur d'histoire, avec des yeux vifs et perçants, qui dévoilent son intelligence. Pied-noir d'origine, il est direct et ne mâche pas ses mots. Sa brillante carrière administrative, il la doit à ses compétences, pas à la politique, et surtout pas à la droite. Son passage au cabinet de Joseph Francesci, secrétaire d'État de Defferre, lui a servi de tremplin. Pasqua, à son tour lui accorde sa confiance. Il l'a nommé à un poste clé dans les années difficiles d'un gouvernement de cohabitation.

Nous partageons le privilège d'être les principales

victimes de l'affaire Maréchal. Sa carrière sera temporairement brisée dans quelques semaines.

Pour mener l'enquête, il choisit l'un des plus jeunes et des plus brillants commissaires divisionnaires de France, Leclair. C'est le patron de l'OCTRIS, le fameux office de lutte contre la drogue et les trafiquants. Leclair s'appuie sur une équipe de premier ordre. Je vais partager la vie de ces fonctionnaires de police, Yvon, José et les autres. J'en garde un souvenir ému. Des hommes attachants et libres, passionnés par leur métier. Leur indépendance et leur honnêteté, qui est la marque de leur vie professionnelle, ont rendu encore plus révoltante la façon dont leur enquête a été traînée dans la boue, dès le 20 décembre, par certains médias. Leclair est un fonceur. C'est aussi, comme Franquet, un homme loyal. Il a un physique à la San Antonio agrémenté d'une moustache brune style années cinquante. Il est impressionnant.

Petit, un Jurassien, a fait partie de l'antidrogue avant de suivre Franquet à la direction centrale de la PJ, comme chef d'état-major. Excellent collaborateur, il allie l'efficacité à la diplomatie. Nous partageons la même éthique des chasseurs d'approche. Nous aimons la nature, respectons les animaux et cherchons parfois à remplacer Dieu dans son pouvoir de vie et de mort. Nous ne parlons pas du dossier pendant le déjeuner, mais de nos occupations professionnelles et de nos passions.

Nous sentons tous que cette affaire Maréchal sera difficile à mener. Les embûches sont grandes.

En rejoignant le Conseil général, de l'autre côté de l'avenue, je me rappelle avoir dit à Franquet :

— Si nous réussissons, ce sera une affaire banale. Sinon, je crains que ma carrière politique et votre carrière de directeur central en prennent un sacré coup...

Vers cinq heures les dépositions ont été enregistrées. Le moment est venu d'appeler Maréchal. Je compose le numéro de l'hôpital. Le docteur étant absent de France, je laisse un message à sa secrétaire.

— Dites au docteur Maréchal que son collègue, le docteur Oppenheimer, a cherché à le joindre. C'est important. Il peut me rappeler sur mon portable.

Et je lui en donne le numéro.

Les policiers sont déçus. L'absence de Maréchal va retarder la procédure. Franquet, qui a rendez-vous avec Cotte en fin d'après-midi, présentera un dossier trop léger : ma plainte, les trois dépositions, mais rien de tangible, rien qui conforte mes déclarations. Ils me demandent d'essayer quand même de joindre Maréchal à son domicile. Je tombe sur son répondeur.

L'enquête exige de placer le docteur sur écoutes. Tant à son domicile qu'à son bureau, il faut surveiller ses appels. Franquet téléphone alors au général qui commande le Groupement interministériel de contrôle (GIC), le centre de transmission du boulevard de la Tour Maubourg responsable des écoutes administratives. Le général assiste à l'arbre de Noël du personnel. Franquet le fait demander.

— Il s'agit d'une priorité.

Il part à son rendez-vous avec le procureur. Je reste seul auprès de Leclair et ses hommes. Tous attendent l'appel de Maréchal, sans vraiment y croire. La journée a été éprouvante.

Un portable sonne. C'est le mien. Tous les regards se braquent sur moi. Maréchal ? La déception est grande : un de mes collaborateurs s'inquiète de ma disparition.

L'attente reprend.

Nous allons partir quand mon téléphone se remet à sonner.

— Allô, Oppenheimer ? C'est Meyer.

Maréchal a reçu un fax de sa secrétaire l'informant de mon appel.

Il me dit qu'il est loin et me demande de le rappeler, chambre Jasmine 3, dans un hôtel d'Anguilla.

Soulagement général. Cette histoire qui paraissait invraisemblable prend forme « en direct » devant les enquêteurs. Je sens que, malgré leur amabilité, ils ont été sceptiques jusqu'alors.

Installé dans le fauteuil de Morant, je rappelle Maréchal. Il ne faut pas que j'éveille ses soupçons. La situation est délicate et l'enjeu important. Je suis mal à l'aise.

J'entre tout de suite dans le vif du sujet en expliquant que les choses ont changé depuis le mois d'octobre. Il y a urgence au plus haut niveau. « Ils » sont désormais décidés à payer. Je lui raconte la perquisition au *Clichois* faite par son gendre deux jours auparavant.

« Le mistigri[1] »

Maréchal est mécontent de mon silence de deux mois. Il veut des explications. Puisque les Hauts-de-Seine n'ont pas daigné répondre à ses attentes, il m'apprend qu'il a pris directement contact avec l'autre partie visée par le dossier de son gendre. Il s'agit de Jean-Louis Debré.

Le fait que Maréchal ait décidé de relancer ce proche de Chirac peut aider à comprendre le fin mot de l'affaire. Pourquoi la presse a-t-elle tu cela ? Si Debré, dès le 21 décembre, date à laquelle l'arrestation de Maréchal fut rendue publique, avait parlé des propositions de celui-ci faites en novembre, il n'y aurait pas eu d'affaire Schuller/Maréchal, mais une affaire Maréchal, une banale tentative d'extorsion de fonds. Mon amitié avec Pasqua, « balladurien de choc », explique peut-être ce silence.

Il est important de replacer l'affaire Maréchal dans un contexte politique précis. L'élection présidentielle approchant, la guerre fratricide des chefs s'accentue. Au grand bonheur des magistrats qui les encouragent, c'est l'heure des règlements de compte entre chiraquiens et balladuriens. Chacun va se servir des policiers et des juges pour affaiblir le camp adverse, tandis que les juges profitent de leur division pour

---

1. Jeu de cartes où le *mistigri* est une carte avantageuse.

avancer dans des enquêtes. Tout le monde y trouve son compte. Momentanément.

Commence le règne des « balances ». Jamais une instruction, comme celle dite « des fausses factures de la région parisienne à connotation politique », n'aura connu autant de lettres anonymes et de dénonciations, rappelant les heures sombres de l'Occupation. Le juge Halphen ne décourage pas ces procédés, en appuyant son instruction sur des lettres anonymes.

« Meyer » me fait comprendre au téléphone que les données du problème ne sont plus les mêmes. Son intervention était plus facile en octobre. Depuis, un ministre a déjà démissionné et il a besoin de temps pour réfléchir aux modalités d'action. Il fait monter la pression. Nous convenons d'un rendez-vous téléphonique le samedi à 13 heures de Paris. Il sera 7 heures du matin aux Antilles.

Les enquêteurs écoutent notre conversation. Ils prennent des notes. Nous allons pouvoir établir le premier procès-verbal de mes échanges avec Maréchal.

Leclair est satisfait. Il cherche à joindre Franquet immédiatement. Il l'a d'ailleurs prévenu quand Maréchal a appelé sur mon portable. Franquet est encore chez Cotte.

— On vient de raccrocher avec Maréchal, dit Leclair. Il a confirmé la rencontre et la discussion d'octobre. Les termes du marché sont clairs. Il n'a pas encore précisé combien il demande. Nous aurons un autre contact téléphonique dans deux jours.

Il ne nous reste plus qu'à retranscrire la conversation, aussi fidèlement que possible. Ce n'est pas facile, Maréchal parlant toujours à demi-mots. Il est plus d'une heure du matin quand je rentre me coucher. Les dés sont jetés mais ils sont pipés, et je l'ignore.

Objectif : éviter les fuites

Les policiers ne se font plus d'illusion sur le caractère délictueux des propositions de Maréchal. Ils sont, en revanche, toujours inquiets quant aux nombreuses possibilités de fuite. La confidentialité doit être absolue si l'on veut le prendre en flagrant délit.

Cotte a été mis au courant de l'affaire par Franquet dès le début de l'enquête, c'est-à-dire en fin de matinée, le 15 décembre. Devant la gravité du dossier qui tient plus aux personnes mises en cause qu'à l'infraction, banale en elle-même, il est normal que le directeur central de la PJ avertisse le procureur de Paris. Une réunion entre eux est fixée à 18 heures, le soir même, pour faire le point. Tout au long du déroulement de l'enquête, le procureur de Paris, ou son adjoint, seront tenus informés « heure par heure » de la teneur des conversations entre Maréchal et moi.

Contrairement à ce qui a été écrit plus tard, Cotte savait que mes conversations du samedi 17 décembre avec Maréchal ont été enregistrées. Et il a laissé faire. Enfin, jamais depuis qu'il a eu connaissance de l'affaire, le procureur n'a demandé l'ouverture d'une instruction judiciaire, c'est-à-dire la nomination d'un juge d'instruction. Il est vrai que les policiers ne le souhaitaient peut-être pas, pour des raisons de confidentialité. Halphen étant vice-président de l'Association des magistrats instructeurs, une indiscrétion était toujours possible.

Cette ouverture d'instruction aurait eu pour conséquence immédiate de supprimer toute discussion sur la légalité des enregistrements téléphoniques.

Il faut rappeler que c'est ce même procureur qui, s'inquiétant soudain de l'illégalité éventuelle de nos écoutes, après l'arrestation de Maréchal, saisira la chambre d'accusation de Paris.

On verra quelles seront les conséquences de la saisine de la cour d'appel qui aboutira à l'enterrement judiciaire de l'affaire Maréchal.

L'ENQUÊTE CONTINUE

Le samedi 17 décembre, Leclair et ses hommes me rejoignent à la maison. Nous devons préparer ma prochaine conversation téléphonique avec Maréchal.

Doit-on l'appeler de chez moi ou non ? Depuis la perquisition au siège du *Clichois*, mes chances d'être placé sur écoute par le juge Halphen sont grandes. N'a-t-il pas demandé à Christel ses coordonnées téléphoniques ?

Il nous faut un endroit tranquille, suffisamment spacieux. L'idée me vient d'utiliser le bureau du directeur de cabinet de Balkany, dans sa mairie. Rompu aux pratiques avouées et inavouées des entourages, Bolze est le « grand chambellan » de Levallois. Issu d'une excellente famille qui, du côté de sa mère, a donné deux ambassadeurs à la France, il incarne auprès de Balkany les vertus nécessaires de diplomatie et de componction que le maire s'est toujours abstenu de pratiquer.

C'est le rôle d'un directeur de cabinet de recevoir, d'écouter, d'aplanir les angles et de congédier parfois. Il le fait avec brio et patience. Il est aussi chargé des tâches plus terre à terre et, notamment, de faire tourner l'appareil RPR à Levallois. Depuis plus de neuf ans, Bolze, que j'ai connu dès 1960, n'a jamais fait de fausse note en exécutant la partition qui est la sienne. Il ne me pose pas de questions et accepte de nous accueillir. Nous nous retrouvons tous devant l'hôtel de ville de Levallois.

Dialogue avec un psychiatre

Se pose alors le problème des enregistrements.

Je demande aux policiers s'il est possible d'enregistrer ma conversation avec le docteur pour avoir la totalité de ses propos. Les policiers pourront ainsi « juger sur pièces ». Je ne veux pas non plus que l'on puisse dire que j'ai forcé la main de Maréchal. Je souhaite obtenir une preuve irréfutable.

Les policiers accèdent à ma requête et fixent sur le combiné téléphonique une pastille en plastique reliée à un simple magnétophone. Le dispositif est en place. On ne se doute pas de la querelle juridique qu'il va déclencher.

Il est 13 heures à Paris, 7 heures du matin pour Maréchal.

Les policiers s'installent. Ils sont impatients de savoir s'il va être au rendez-vous fixé deux jours auparavant.

— Si vous pouvez lui faire avancer son retour, faites-le. Je ne sais pas combien de temps on pourra tenir l'information secrète, me recommande Leclair.

Je compose le numéro de téléphone de l'hôtel et,

avec mon anglais arabisé par mes séjours au Moyen-Orient, je demande la « room Jasmine three ». La standardiste me passe la chambre. Ça sonne... J'entends la voix de Maréchal.

Le « biscuit »

Notre conversation dure longtemps, trop longtemps. Les policiers me font signe d'abréger. Quand je raccroche, je suis épuisé. Je ne m'attendais pas à ça. Les enquêteurs sont satisfaits. Ils ont entendu la conversation mais ne résistent pas au plaisir de se repasser la bande qui a tout enregistré. Elle est stupéfiante.

Ils me font remarquer que je passe mon temps à couper la parole à Maréchal et qu'il ne termine pas ses phrases, ce qui est dommage. Je ne m'en suis pas rendu compte. Je leur explique que ce n'est pas si facile, à sept mille kilomètres de distance, de dialoguer avec un psychiatre. S'il sent, ne serait-ce qu'un instant, que je ne suis pas naturel, s'il pressent que je ne suis pas seul là d'où j'appelle, c'est la catastrophe. Qu'on me laisse être moi-même.

Ce deuxième rendez-vous téléphonique est de loin le plus important, Maréchal a réfléchi depuis mon premier appel. Je lui ai d'abord transmis un message destiné à le rassurer : je n'ai pas besoin d'intermédiaire pour « parler » avec lui. Je suis mandaté au plus haut niveau. J'ai carte blanche. Puis je fais allusion à la perquisition :

— Le message a été bien reçu. Cette perquisition a eu, je crois, un effet très, très important.

Maréchal réplique :

— Elle a émoustillé un peu, si je puis dire... Il faut que ça serve à quelque chose. Il faut aussi que je vous parle d'autres aspects... j'allais dire familiaux...

« Émoustillé »... Cette perquisition était-elle faite pour cela ? Avait-elle comme objectif de me mettre en garde ? Maréchal voulait-il me signifier par là que c'était un avant-goût de ce qui m'attendait si je ne rentrais pas dans son jeu ?

Il souhaite ensuite que l'on se rencontre le plus vite possible. Nous abordons les difficultés matérielles d'un déplacement vers les Antilles. Puis la discussion revient sur le fond. Il se plaint à nouveau du silence de deux mois qui a suivi ma visite à l'hôpital. Il exige des explications.

— Pourquoi ce silence ?

Fait-il allusion aux conséquences de sa visite chez Debré, dans l'Eure, au mois de novembre ?

Je lui rappelle sa rencontre avec Cavallini. J'essaie de le faire parler de ce qu'ils se sont dit. « Moi, je viens voir ce qui est à vendre », lui aurait dit Cavallini. Ça n'était pas « combien vous vendez ? », me précise Maréchal. Il me répète qu'il n'a jamais eu de réponse sur l'intérêt de ceux que représentait Cavallini. Et pour cause ! L'éventualité que Maréchal dispose d'un avocat qui serait chargé de la transaction est ensuite évoquée. « On lui aurait confié la somme ». Puis il fait allusion aux moyens de pression dont il dispose sur son gendre.

— Appelons ça la méthode dissuasive... Il s'agit

d'un cas de cadavre dans le placard ! Comme la bombe atomique, c'est fait pour ne jamais servir. Il y a plusieurs degrés dans l'action... Pour les choses te concernant, toi, je n'ai pas nécessairement à utiliser les mêmes moyens.

Il me propose alors de déplacer un juge à Paris, de l'éloigner :

— Ce qui me permettrait une action en direction de qui tu sais... directe... sans l'intermédiaire de...

Je lui réponds, à l'esbroufe :

— Le déplacement d'un juge, aujourd'hui, ça peut être réglé en une demi-heure.

Je regarde les policiers qui m'entourent. Je ne peux m'empêcher de sourire. Quant à eux, ils se retiennent de s'esclaffer. Une demi-heure pour déplacer un juge ! C'est vrai que j'ai été un peu audacieux. Mais Maréchal ne connaît pas dans le détail les procédures de nomination et de déplacement de magistrats à Paris. Il avale l'hameçon.

J'en reviens au calendrier financier, abordé un temps et évidemment abandonné depuis. Je répète que « les autorités sont ouvertes et disponibles dans l'immédiat. Il faudra mettre en place un calendrier ».

Maréchal est très direct :

— Il faut appeler un chat, un chat. Je ne suis plus du tout dans les mêmes conditions. Je pense que pour démarrer, il faut un biscuit. Là, je suis rigoureux sur ce plan...

Je propose d'apporter le « biscuit » dès son retour et lui demande ce qu'il entend par ça. Il répète :

— Il faut appeler un chat, un chat.

— Bon, un biscuit, c'est quoi ? Un M.F. ?

— Oui, quelque chose dans ce goût-là.

Je lui garantis de le lui apporter à son arrivée. Il paraît satisfait.

— On n'a pas perdu notre temps, quand même...

Je dois le rappeler à 7 heures du soir, heure locale.

Après avoir écouté la bande, Leclair passe tout de suite deux coups de fil. Le premier à Franquet, le second à l'adjoint de Cotte, au parquet de Paris. Il leur rend compte de la teneur de notre conversation, de l'enregistrement et du prochain contact, fixé à minuit, le soir même.

Il est près de deux heures. Je ne peux rester plus longtemps. On m'attend pour le déjeuner d'une association du troisième âge de Clichy. Il n'est pas question de leur faire faux bond. Et les hommes de Leclair ont faim. Ils ont droit à une pause déjeuner. Après, nous retranscrirons la conversation pour établir un procès-verbal.

Dans l'après-midi l'équipe se retrouve chez Bolze. Dieu que Maréchal est bavard ! Nous n'en finissons pas d'écouter la bande pour la taper mot à mot, avec ses « heu » et ses « hein ». Un véritable travail de bénédictin. J'admire, en les regardant travailler, ces fonctionnaires de police. Ils n'ont aucun horaire. Ils sont toujours disponibles. Et ils conservent leur humour.

Je n'oublierai jamais la gentillesse d'Yvon, un Breton sorti du rang et devenu inspecteur divisionnaire. Ni la finesse de son collègue José, un Catalan dont la rapidité me bluffe. Rien ne sera modifié ni occulté. Je découvre, en le vivant, le côté fastidieux d'une enquête. Leclair prend parfois à la machine le relais de ses hommes.

La nuit est déjà tombée quand je signe le procès-verbal joint à la retranscription intégrale de ma conversation avec Maréchal. Nous n'avons que quelques heures devant nous avant le prochain contact, fixé à minuit. J'invite tout le monde à dîner.

J'ai le sentiment que la difficulté de l'opération va créer des liens entre nous. Nous avons conscience que « nous marchons sur des œufs ». Mais personne ne se doute de l'importance de l'omelette.

« En pensant à ma fille... »

Le samedi soir, vers minuit, heure de la métropole, nous nous retrouvons à la mairie de Levallois. Petit nous a rejoints. Les policiers me demandent d'être bref afin d'éviter d'avoir à passer des heures pour retranscrire la conversation. Je promets de faire de mon mieux.

Je rappelle Maréchal. Nous convenons de nous retrouver à Roissy, à l'arrivée de l'avion en provenance de Saint-Martin. Je lui repose la question du « biscuit » :

— Comment procède-t-on ? Tu veux que je l'amène ?

Maréchal répond :

— Oui, oui, de préférence. Ce sera un problème réglé.

Et il ajoute, ce qui est essentiel :

— Quand je rentre, tu t'en doutes, je fais le forcing. J'ai supprimé des choses, en pensant à toi... à la fois en pensant à ma fille... ce genre de choses, comme ça.

Puis il revient sur la mutation du magistrat qu'il veut faire déplacer. Il me donne son nom. Il s'agit d'un haut responsable du syndicat de la magistrature. Enfin, il s'étend sur les plans d'action à mettre en œuvre pour faire pression sur son gendre.

— J'ai imaginé un plan machiavélique, à la fois de menaces et de protection. Il faudrait ajouter une certaine peur physique. C'est l'élément le plus faible de la personne en question. Je pense qu'il y a des gens plus spécialisés dans ce genre de choses que moi... c'est-à-dire que je ne refuse pas de l'aide... simplement, dans un cas comme ça... il faut une confiance absolue...

Maréchal revient sur Roussin.

— C'est un redoutable, celui-là, un ancien des services secrets...

Et il ajoute :

— Moi, déjà, à un moment donné, préparant, je ne peux pas te donner tous les détails, là comme ça... mais préparant tout ça... un climat vis-à-vis de la personne (*son gendre*) pour le plan H... qui était de dire... du style redoutable, hein ! Faut faire attention, hein !

Visiblement, Maréchal envisage de se servir de la « réputation » de Roussin, qu'Halphen a mis en examen, pour lui faire peur.

À ce point de notre conversation, je suis mal à l'aise. Je connais Roussin depuis 1972. Nous étions ensemble au cabinet de Messmer, à Matignon. L'entendre décrit comme un tueur impitoyable me stupéfie. J'essaie de changer de sujet. Maréchal doit sentir que ses projets d'intimidation physique me choquent. Il me dit :

— On peut très bien... un grand trait sur ça si on veut... De toute manière le plan H, c'est la clé...

Et il ajoute :

— Voilà deux mois, c'était plus facile que maintenant... c'est évident, c'était moins engagé... on n'en parlait pas dans la presse... c'était plus facile à stopper... donc... inversement dans la mesure où je ne peux pas le voir lui (*sans doute Halphen*) et lui dire... voilà un accord... là, et en deux minutes de temps... ça fait tant... tu m'as compris... il faut biaiser par d'autres voies...

Il revient une fois de plus sur le plan « H », pour Human Bomb, un plan explosif, sans aucun doute, avec l'utilisation du « cadavre dans le placard ».

On frappe alors à sa porte. J'en profite pour fixer notre rendez-vous de mardi matin. Et nous raccrochons en hâte.

En réécoutant la conversation, au moment de la mettre sur procès-verbal, je demande à Leclair son sentiment. Nous partageons la même impression : Maréchal a un « cadavre » en réserve. Il ne veut pas aborder avec Halphen la question d'argent (en tout cas, c'est ce qu'il nous a dit) et compte sur sa fille. Il a l'intention de la voir dès son retour, après moi.

On retrouvera sur lui, à Roissy, une liste de numéros de téléphone. Celui d'Hélène Halphen figure juste sous le mien.

Nous nous séparons à 5 heures du matin. Je passe la journée du dimanche à Clichy. La fête de Noël avec les militants me fait oublier le temps d'un après-midi la pression qui pèse sur mes épaules.

À la droite du château de Louis XIV, l'hôtel du Trianon Palace, une construction harmonieuse et massive, abrite essentiellement des hommes d'affaires fortunés. Ils combinent la jouissance d'un lieu d'exception avec des rendez-vous professionnels.

C'est ici que Clemenceau signa le trop fameux traité de Versailles qui, mutilant l'Allemagne, portait dans son sein l'arrivée d'Hitler et la Seconde Guerre mondiale.

Rénové à grands frais par des Japonais, l'hôtel offre un fantastique spa construit en 1991. Sur trois mille mètres carrés s'étalent de véritables thermes romains : péristyle de marbre, statue d'Apollon dominant les eaux, élégantes colonnades couleur d'albâtre...

Sous une verrière, une piscine de deux cents mètres carrés offre ses bains bouillonnants bercés par une musique subaquatique. C'est dans ce magnifique cocon que nous avons décidé, Christel et moi, de nous relaxer avant que je n'aille remettre le biscuit d'un million de francs à Maréchal.

Sept ans plus tard, en tâchant de trouver le sommeil sur le mince matelas de mousse synthétique de l'administration pénitentiaire, je me remémore le doux froissement des draps de satin du luxueux palace.

Lundi 19 décembre.

Nous nous réveillons tard. La fatigue nerveuse

s'ajoutant au manque de sommeil des derniers jours, il est plus de onze heures quand nous prenons notre petit déjeuner.

Nous allons admirer les jardins à la française dans le parc de Versailles. Vers 21 heures, Pasqua me fait part d'une rencontre avec le Premier ministre, à l'occasion d'un cocktail. Balladur s'inquiète de la bonne marche de l'opération prévue à Roissy. Il nous souhaite bonne chance.

Nous sentons l'importance de la matinée de demain.

Il s'agira d'être bons.

LA MAIN DANS LE SAC

Mardi 20 décembre.

Autoroute du Nord, 6 heures 40 du matin.

Nous sommes partis de Versailles suffisamment tôt pour éviter les embouteillages du tunnel de Saint-Cloud. Nous passons au ras de Clichy. Dans la voiture, règne une atmosphère de veille d'examen.

Je n'ai droit à aucune erreur. Me voici transformé en auxiliaire de la PJ. Il me faut remettre la « rançon » sans éveiller un seul instant les soupçons de Maréchal. Sera-t-il là ? La crainte d'une éventuelle indiscrétion me revient à l'esprit.

Nous arrivons à l'hôtel Sofitel de Roissy. Il est 7 heures. La salle du petit déjeuner est pleine d'équipages des compagnies aériennes. Les hommes de la PJ sont prêts.

Yvon s'affaire. Petit nous attend sur une banquette. Il tient, posé contre lui, un sac en papier renforcé bleu marine. Dessus, une publicité vante les mérites de la librairie juridique Dalloz. Mettre le contenu de l'argent demandé par Maréchal dans un sac portant le nom de l'éditeur de droit pénal me semble cocasse.

— Un clin d'œil, me dit Bernard.

À l'intérieur du sac, bien visibles, deux gros paquets. Ce sont les billets de 500 francs de la Banque de France. Neufs, ils sont en liasses. Le million de Maréchal est prêt.

Je place le sac Dalloz dans ma serviette Hermès en cuir noir. Elle a une histoire. J'ai effectué mes missions au Moyen-Orient avec elle. C'est dire si elle a une valeur conjuratoire. Aujourd'hui, c'est elle qui contient l'argent de Maréchal.

Nous déjeunons tranquillement, l'avion de Maréchal ayant un peu de retard. Œufs brouillés, bacon, jus de fruits pressés... Seule Christel n'avale que du café. Je suis tendu. Les policiers le sentent et cherchent à me distraire. Peine perdue.

Pouvais-je imaginer que ma carrière dans l'administration française me conduirait à remettre une sacoche d'argent liquide à un psychiatre de l'hôpital américain, par un matin de décembre ?

Nous quittons enfin l'hôtel pour l'aérogare.

Christel, qui me conduit, attend dans la voiture à l'extérieur. Tenant solidement mon cartable, je m'approche de l'entrée du Hall A. Je sais que je n'ai droit à aucune erreur. Maréchal est trop malin. J'ai éprouvé beaucoup de difficultés à le suivre au téléphone. Il parlait par allusions. Il se méfiait des écoutes.

Maintenant, ce n'est plus une discussion téléphonique mais un face à face. La situation me déplaît et m'angoisse. Je m'en suis ouvert aux enquêteurs. Piéger Maréchal m'avait rebuté, dès le départ mais les hommes de Leclair m'ont affirmé qu'il n'y avait pas d'autre solution. Le flagrant délit est indispensable. J'étais victime, selon eux, du « syndrome de Stockholm » qui consiste, pour une victime, à éprouver de la sympathie à l'égard de son « agresseur ». S'était alors posé le problème de la remise des fonds.

Plusieurs possibilités avaient été envisagées, dont celle de me sonoriser. En posant un micro sur moi, les policiers pouvaient enregistrer notre conversation, d'autant plus que Maréchal avait promis de m'en dire plus de vive voix. Il insistait sur la manière dont il envisageait de faire pression sur son gendre. Enregistrer cet entretien était important. Comment procéder ?

Maréchal pourrait deviner mon malaise et flairer le piège.

Les policiers ont pesé le pour et le contre. Finalement, nous décidons de ne prendre aucun risque. Les consignes sont simples : je dois remettre le biscuit d'un million à Maréchal et partir.

— Plus vite vous lui remettrez l'argent, mieux c'est. Pas la peine de lui parler, conclut Leclair.

Maréchal nous voilà !

L'avion de Saint-Martin se pose et le débarquement commence. En marchant vers la porte d'arrivée, j'essaie de repérer les flics dissimulés parmi les voyageurs. Celui-là, avec son regard rapide, c'en est un. Je ne me suis pas trompé : je le reverrai quelques heures plus tard au siège central de la PJ, place Beauvau.

À Roissy, une porte opaque sépare les passagers soumis aux contrôles de police et de douane de ceux qui viennent les chercher. Toutes les vingt secondes, elle s'ouvre pour laisser passer les voyageurs

Je guette Maréchal. Je me suis placé juste derrière la barrière en inox qui fait face à la porte.

Des passagers en provenance de Saint-Martin sortent. J'aperçois Maréchal à un moment où la porte est ouverte. Il pousse un chariot à bagages, se dirige vers la droite. La porte se referme. Lorsqu'elle se rouvre, il a disparu. Plusieurs minutes se passent.

À chaque ouverture des battants, je m'attends à le voir. Personne. La porte opaque s'ouvre encore. À trois mètres devant moi, Maréchal. Il est seul. Il me voit tout de suite. Nous yeux ne se lâchent plus. Je lui fais un signe discret de la main, désignant l'accès à droite, et je commence à me diriger vers lui.

Je le rejoins. Il est bronzé, souriant, pas du tout éprouvé par son long voyage. Je me rappelle les conseils des policiers : être rapide et efficace.

— Ne perdons pas de temps. J'ai le million que tu nous a demandé. Tu veux que je te le remette maintenant ?

— Oui. Cela me paraît plus sûr. Ce sera une bonne chose de faite.

— Allons par là.

Nous nous dirigeons vers un comptoir d'enregistrement désert. Il arrête son chariot. J'ouvre ma serviette. J'en sors le sac Dalloz, l'ouvre et lui montre l'argent.

— Ce sont des billets de 500 francs. Ils sont neufs mais ils sont vrais !

— Parfait.

Il prend le sac, déplace un des bagages de couleur verte posés sur son chariot. Il l'ouvre, fait de la place à l'intérieur et y glisse le « biscuit ». Je n'ai plus qu'une idée, filer. J'ai accompli ma mission, aux policiers d'agir.

— Où est ta voiture ? me demande Maréchal.

— Dehors, mais je suis venu avec mon chauffeur. Il ne faut pas qu'il te voie ni qu'il nous entende. Je vais le renvoyer. Nous prendrons un taxi ensemble.

— D'accord. Je t'attends ici.

Je le quitte des yeux, me retourne et m'éloigne d'un pas que je voudrais assuré.

Je repère immédiatement Leclair, Yvon et Petit qui sont à quelques mètres derrière nous. Je leur laisse leur « client » et pars retrouver Christel dans la voiture.

Tout s'est bien passé. J'ai accompli la chose la plus difficile de toute ma vie. Je suis vidé. Je reste dans la voiture sans dire un mot. De longues minutes s'écoulent.

L'un des hommes de Leclair nous rejoint dans la voiture. Je demande :

— Alors, vous l'avez arrêté ?

— Non. Il semble attendre quelqu'un. On veut savoir qui c'est.

— C'est moi qu'il attend. Je lui ai dit que je renvoyais mon chauffeur et que je revenais pour partir avec lui en taxi.

— Ah bon !

Le policier, qui est relié par radio avec Leclair et le reste de l'équipe, empoigne son talkie-walkie :

— La chèvre est OK. Vous pouvez lever le lièvre.

Je n'en crois pas mes oreilles. Cela fait presque dix minutes que j'ai laissé Maréchal et il doit être là, tranquille, à attendre mon retour. La chèvre... C'est mon rôle dans le dispositif policier. Je suis la chèvre, et Maréchal, le lièvre. La tension des derniers jours, le manque de sommeil, la livraison du biscuit...

Le policier remarque mon air accablé :

— Vous avez fait du bon boulot. C'est normal de culpabiliser. Vous n'êtes pas un salaud. Il n'y avait pas d'autre solution. Vous avez été courageux. Partons d'ici et allons prendre un café sur Paris. On aura des nouvelles en route.

Nous rentrons. L'autoroute du Nord est bouchée. La voiture de police qui nous précède se fraye un chemin à coups de deux-tons et de gyrophare. J'essaie de la suivre, au risque d'un accident. Nous voici porte Maillot. Nous remontons l'avenue de la Grande-Armée et nous arrêtons dans un bistrot.

Petit nous rejoint. Il faut que je passe au ministère de l'Intérieur, au siège de la direction centrale de la PJ, pour faire une déposition sur les conditions de la remise de fonds.

Il est environ onze heures lorsque je pénètre par l'entrée de la rue des Saussaies dans la cour Pierre Brossolette. Les bureaux sont modestes, avec un mobilier moderne, bas de gamme. Une administration centrale traditionnelle.

On m'installe à l'étage du directeur. Il faut être relativement discret. Maréchal arrivera d'un instant à l'autre, après avoir subi un examen médical à Roissy. Il sera dans la pièce contiguë.

Je suis entendu par deux policiers, des membres de l'équipe Leclair. Des commissaires principaux. Je rappelle les conditions de la remise du million à Maréchal. Il est 12 heures 30 lorsque je signe le procès-verbal.

Je suis libre, si je puis dire, de retourner à Clichy où j'ai le conseil municipal à préparer. On vote le budget pour 1995. C'est important à quelques mois des élections municipales.

Interlude clichois

Je passe l'après-midi à préparer mon intervention. De 16 heures 30 à 19 heures 30, je dirige le préconseil qui rassemble les conseillers municipaux de l'opposition RPR/UDF. Nous examinons les points inscrits à l'ordre du jour. Après une collation nous allons à la mairie. Le téléphone du standard retentit. Christel décroche.

— C'est Alexandrine Bouilhet, du *Figaro*.

Je prends le combiné.

— Monsieur Schuller, vous avez été mêlé ce matin à l'arrestation du beau-père du juge Halphen, le docteur Maréchal. Pouvez-vous nous faire une déclaration ?

— Mademoiselle, j'ai pour ma part, et c'est sans doute un tort, le respect du secret de l'instruction. Je n'ai aucune déclaration à faire.

Elle insiste, me passe Catherine Delsol. Je répète

ma volonté de discrétion. Je sens que cela ne plaît guère à mon interlocutrice, mais tant pis.

En quittant la permanence, je me dis :

— Ça y est, les journalistes sont au courant. Demain, ça va être le déferlement !

La salle du conseil a son allure des grands soirs. Elle est bondée. Aucune place assise de libre dans les sièges du public que se partagent militants socialistes et sympathisants du RPR. Tous sacrifient une soirée familiale à la vie publique locale.

Le conseil municipal n'est en soi qu'un théâtre. Tout y a été décidé à l'avance. Nous sommes dix face à la coalition de gauche qui, malgré des brouilles apparentes, se retrouve unie dans les votes importants. Entre l'actuel maire socialiste, Catoire, et le leader communiste, l'ancien sénateur Guy Schmauss, ce n'est pas l'amour fou. Loin de là. Mais Schmauss n'a pas le choix. Si les communistes veulent sauver Nanterre, un de leurs bastions de la région parisienne, ils doivent jouer en contrepartie l'alliance à Clichy. La partition est déjà écrite.

Ce qui compte pour chaque conseil, c'est d'avoir la bonne répartie, le dernier mot. Catoire réagit mal quand certains jouent à « lui faire sauter les plombs », comme disent les militants. Et c'est assez facile. Ce soir, nous aurons droit à un long exposé sur les finances de la ville, présenté par l'adjoint responsable, un avocat qui habite Asnières. Un bourgeois de gauche. Il a l'éloquence limitée et l'esprit plutôt confus. Selon lui, tout va bien. Certes, l'office municipal HLM est en quasi faillite avec un trou de plus de 65 millions de francs. Certes, les travaux d'investissement sont tous pratiquement arrêtés. Certes, le programme présenté aux Clichois en 1989 s'avère être un catalogue de fausses promesses.

Il est clair que la population a compris les fautes et les erreurs de la gauche. Sa gestion, outre des résultats catastrophiques sur le plan financier, a poussé Clichy vers la régression. Alors que le département des Hauts-de-Seine et une grande partie des trente-six communes qui le composent ont bénéficié d'un essor fantastique, à Clichy les conséquences des choix de l'actuelle municipalité nous pénalisent. Clichy est devenue la deuxième commune du département sur trente-six pour le pourcentage d'immigrés (plus de 30 %), ce qui rend délicate l'intégration de ceux qui la souhaitent. Le problème de l'insécurité et le refus de l'actuel maire de créer une véritable police municipale ajoutent au malaise ressenti par les Clichois.

J'entame ma réponse à l'adjoint sur le budget. De l'avis de nombreux auditeurs, je suis percutant et persuasif. Si les centaines de personnes assemblées dans la salle du conseil surchauffée savaient quelle a été ma journée !

Aux vœux de « Joyeux Noël » que me lancent à la sortie les journalistes présents, je réponds :

— Nous nous reverrons peut-être avant les fêtes.

De retour à la permanence pour le pot traditionnel, j'essaie de me détendre.

Leclair m'appelle. On m'attend place Beauvau vers deux heures du matin pour une confrontation avec Maréchal. Voilà près de vingt et une heures que je suis sur le pont. Rude journée. Et encore cette confrontation...

Bien que je n'aie jamais éprouvé, et que je n'aie toujours pas, au moment où j'écris ces lignes, de véritable hostilité à l'égard de Maréchal, j'ai du mal à comprendre comment cet homme aux revenus confortables en est arrivé à rançonner le RPR. Comme médecin, il a bien soigné ma mère et Catherine. Alors qu'il connaissait ma situation de fortune, il n'a jamais cherché à m'extorquer de l'argent.

Les révélations de Maréchal

Je franchis à nouveau la porte du ministère de l'Intérieur. Me revoici dans le bureau où j'ai fait ma déposition en fin de matinée. Leclair me conduit dans la salle de réunion.

Assis, très calme, à peine marqué physiquement, Maréchal semble avoir récupéré du décalage horaire. Nous nous saluons de la tête. Les policiers nous posent deux questions, qui permettent à l'un et à l'autre de préciser sa position. Je suis stupéfait de voir l'aplomb avec lequel il ment. La confrontation est relativement rapide. Je suis soulagé de quitter la rue des Saussaies.

Dans un dossier aussi délicat à traiter, la tâche du directeur central de la PJ et de ses collaborateurs sera extrêmement ardue. Il a fallu prendre Maréchal en flagrant délit. On ne pouvait se contenter ni de mon témoignage, ni de celui de Cavallini. La tentative d'extorsion de fonds devait avoir lieu.

Et le docteur prétendait « tenir son gendre », « avoir un cadavre dans le placard ». Il s'autorisait à réclamer un « biscuit » de 1 million de francs, le premier versement d'une somme beaucoup plus importante.

Pourquoi Franquet a-t-il recruté, en cette matinée du 15 décembre, des fonctionnaires de l'Office central de répression des stupéfiants ? Ils seront nombreux à poser cette question, ceux qui se déchaînent contre Pasqua, Franquet et la police. Pourquoi les « stups », des « flics maison », des « flics en main » ? Avant même de connaître le dossier, on a voulu salir des fonctionnaires de la PJ qui ont fait leur devoir et rien de plus.

Une seule cause au choix de Franquet : la discrétion.

Les hommes des « stups » sont personnellement liés à Franquet, son ancien patron. Et alors ? Cela n'a rien changé au comportement des policiers. Franquet était sûr d'une chose : l'équipe de Leclair, outre sa compétence, saurait être discrète. L'enquête pouvait durer plusieurs jours. La moindre fuite aurait fait capoter l'opération.

Cette crainte de Franquet, la peur obsessionnelle d'une fuite qu'il transmet à ses policiers, aura des effets désastreux sur ses choix stratégiques. Elle aboutira à un fiasco. Avec le recul, je comprends mieux son angoisse. Il connaît les magistrats. Il a pressenti que leur complicité passerait avant le souci de rendre la justice. On est au cœur de l'affaire Maréchal.

Mardi 20 décembre.

Maréchal vient d'être arrêté et placé en garde à vue pour « tentative d'extorsion de fonds et trafic d'influence ». À la question : « D'où vient cet argent ? », il répond d'abord :

— Cet argent m'appartient, il m'a été remis à Anguilla par une personne dont je ne souhaite pas révéler le nom. J'ai même déclaré cette somme à la douane ou à la police. Quant au sac de couleur bleue portant la marque Dalloz, je ne me souviens plus de sa provenance. Je pense que je suis peut-être parti de Paris avec...

Il ne se laisse pas troubler facilement. Puis il donne une autre version :

— L'argent correspond aux honoraires que me devait un couple de patients. Je les soigne depuis mon installation à l'Hôpital américain.

Amusés, les policiers entrent dans son jeu.

— Depuis combien d'années ? À raison de quelle somme par séance ?

Malgré un savant calcul, ils ne retombent pas sur le million.

Les enquêteurs trouvent quand même le temps long. Maréchal se moque d'eux. Ils lui montrent les photographies des billets de banque et le fameux sac en papier. Finalement, il craque.

— Je vous ai menti. L'argent, Didier Schuller me l'a remis. J'ai vu qu'il s'agissait de billets. C'est en rapport avec le dossier traité actuellement par mon gendre, le juge Halphen.

Maréchal parle. Il s'explique. Il gagne du temps.

Au cours de l'interrogatoire, un nom revient fréquemment, celui d'Hélène, l'épouse d'Halphen. Un personnage-clé de l'histoire ? Aux policiers, Maréchal explique que s'il m'a contacté, c'était pour elle, pour régler un problème personnel. Maréchal entre dans les détails de la vie privée du couple Halphen. Les policiers se souviendront qu'au cours des conversations entre Maréchal et moi, il a dit :

— J'ai déplacé des rendez-vous en pensant à toi, à ma fille, pour tout mettre en place...

Ils doivent, pour la bonne conduite de l'enquête, entendre Hélène Halphen et déterminer quel est son rôle exact, son degré d'implication. Est-elle au courant de la démarche de son père ? Est-elle sa complice ?

Ces questions qui peuvent paraître brutales, les policiers souhaitent les poser à Mme Halphen pendant la garde à vue de son père. Mais elle est magistrate. Un magistrat susceptible d'être impliqué dans une sombre histoire d'extorsion de fonds, c'est désastreux.

Le procureur refuse à Leclair le droit de la convoquer. Les magistrats commencent à enterrer l'affaire.

C'est la première entrave à la bonne conduite de l'enquête.

Leclair demande alors qu'on la place officiellement sur écoute. Puisqu'on lui interdit le droit de lui parler, il espère avoir celui de l'entendre. Là encore, il se heurte à un blocage. Il est hors de question de les écouter, elle et son mari. Leclair se bat. Comment peut-il mener l'enquête si tout lui est refusé ?

Deuxième entrave.

Les policiers ne désarment pas mais ils sentent que

leur marge de manœuvre est faible. Maréchal n'est pas un citoyen ordinaire. Il bénéficie de soutiens et de protections.

L'interrogatoire continue, mené toujours avec courtoisie par les hommes de Leclair. Ils acquièrent vite la conviction que le « cadavre dans le placard » dont Maréchal m'a parlé au téléphone, existe.

Une partie de bras de fer s'engage. La garde à vue de Maréchal a commencé vers les 10 heures du matin, le mardi 20 décembre. Elle s'arrête légalement le jeudi 22 décembre à 10 heures. Le docteur s'est couché tard dans la nuit de mardi à mercredi, après sa confrontation avec moi. Les hommes de Leclair le laissent se reposer. Il semble physiquement plus en forme que les policiers debout depuis 5 heures du matin. Mais Maréchal les rassure. Il a l'habitude de dormir peu.

Le lendemain, les enquêteurs sont confiants. Il leur reste du temps pour poursuivre l'enquête.

Le temps. C'est sur lui que le policier compte pour obtenir plus d'aveux. Avec le temps, il y a des liens qui s'établissent entre enquêteurs et prévenus.

Et puis il y a la deuxième nuit. C'est au cours de celle-ci que les policiers gagnent en général la partie. La fatigue nerveuse et physique délie souvent les langues.

Maréchal, au cours du déjeuner que l'équipe prend avec lui, le mercredi midi, parle librement :

— Le « cadavre », oui, il existe. Une histoire de famille...

Leclair n'en obtient pas plus, mais il sait qu'il

posera cette nuit les bonnes questions au docteur. Il saura enfin comment il « tient » Halphen.

Seulement le parquet de Paris réclame Maréchal. Il doit être transféré l'après-midi même. Les hommes de Leclair sont stupéfaits. Il n'est pas question pour eux de laisser filer le « poisson » avant de savoir toute la vérité. Si Maréchal ne leur « crache pas le morceau » avant la fin de la garde à vue, il ne le fera plus après. On ne saura jamais quels sont ses moyens de chantage.

Il doit être présenté mercredi à 16 heures précises au parquet de Paris, soit dix-huit heures avant l'heure légale de la fin de la garde à vue. Du jamais vu. Les policiers sont écœurés. Ils ne sont pas au bout de leurs peines.

Troisième entrave à la conduite de l'enquête.

Tout a été fait pour contrer les policiers. Pourquoi les empêcher de découvrir la vérité par eux-mêmes et d'en apporter la preuve ? Si les magistrats n'ont rien à craindre de cette enquête, pourquoi la bloquent-ils ?

LES SUITES
D'UNE EXTORSION DE FONDS

Le mercredi 21 décembre, l'arrestation de Maréchal est révélée par *Europe 1* et *Le Figaro*. J'ai peu dormi. Je me lève épuisé. J'ai à peine le temps de boire un verre de lait que le téléphone sonne déjà. C'est Béatrice. Les journalistes me cherchent partout pour en savoir plus. L'affaire, elle l'a découverte par la radio, comme la France entière.

— J'ai beau leur dire que je n'en sais pas plus qu'eux, ils n'ont pas l'air de me croire. Qu'est-ce que je fais ?

— Prenez le nom et les coordonnées de ceux qui appellent. Je verrai plus tard. Bon courage.

Je ne veux pas parler à la presse sans m'être entretenu préalablement avec Leclair. Je cherche à le joindre à son bureau de Nanterre. Il est occupé. Le matin même, Christel a été convoquée au siège de l'OCRTIS pour une confrontation avec Maréchal.

En attendant, je téléphone à quelques amis qui, comme Béatrice, ont dû être secoués en écoutant les informations. Depuis ce scoop, la nouvelle fait la Une de tous les flashes sur toutes les radios. Franquet m'avait prévenu, l'arrestation du beau-père d'Halphen ferait du bruit. Mais nulle part je n'ai vu une seule version objective des faits, même au début de ce qui va devenir, indépendamment de ma volonté, une affaire d'État. Un traitement politique lui est aussitôt donné sans tenir compte de la matérialité des faits. De nombreux journalistes présentent l'information avec prudence, faisant ainsi peser un doute sur le travail de la police. De mes conversations du matin, je tire une conclusion : mes amis n'ont rien compris à ce qui s'est passé la veille. Ils ne savent pas qui a donné de l'argent à qui, ni si c'est moi qui ai été arrêté en flagrant délit. L'information est mal passée.

Béatrice me rappelle pour me dire que le standard de la permanence va exploser. Une meute de journalistes est à mes trousses. Christel me joint enfin. Elle vient de sortir de la confrontation. Elle me passe Leclair.

— Les journalistes nous appellent. Si quelqu'un doit communiquer, c'est nous. L'enquête, c'est nous qui l'avons menée. Vous n'avez fait que porter plainte.

Je retrouve Balkany et Bolze pour le déjeuner. Eux aussi sont curieux d'entendre ma version des événements. Ils ont du mal à m'imaginer transformé en agent 007, au service de la police. Faut-il que je parle ou que je me taise ? Je veux suivre les recommandations de Leclair. Balkany est d'un autre avis.

— Pense à tes électeurs qui ont entendu les nouvelles. Ils n'ont rien compris à ce qui s'est passé ! Tu leur dois une explication. Et puis, si tu ne t'expliques pas, les journalistes trouveront ça louche.

Le ton monte, nous restons sur nos positions, lorsque son portable sonne. C'est Pasqua en personne. Balkany le met au courant :

— Depuis une heure j'essaie de le convaincre, mais il n'y a rien à faire. Il est têtu comme une mule ! Ne quittez pas, il est à mes côtés. Je vous le passe.

Patrick me tend l'appareil.

Le message du ministre de l'Intérieur est clair et sans appel. Les médias sont en train de massacrer la police, les magistrats s'organisent et crient au complot...

— Tu dois communiquer. Tu dois t'exprimer !

Je n'ai plus qu'à m'exécuter.

Une conférence de presse est organisée l'après-midi même dans la salle du conseil municipal de la mairie de Levallois.

Pendant que je m'explique devant les journalistes, Maréchal est déféré auprès du juge d'instruction désigné par le président du tribunal de grande instance de Paris. C'est dans ce tribunal que siège Hélène Halphen. Le juge David Peyron est désigné.

Faut-il libérer Maréchal ?

Après la mise en examen de Maréchal pour tentative d'extorsion de fonds et trafic d'influence, se pose le problème de savoir si on doit ou non le laisser en liberté. Cotte, qui représente le ministère public, demande le mandat de dépôt pour lui et la saisie de la chambre d'accusation. Elle se prononcera sur la validité de nos enregistrements. Pourquoi Cotte doute-t-il de leur validité alors que, depuis le début de l'enquête préliminaire, menée sous son contrôle, il en connaît l'existence ? Informé heure par heure par les policiers, il sait qu'à ma demande ceux-ci ont enregistré deux de mes conversations téléphoniques avec Maréchal. Pourquoi le procureur n'a-t-il pas ouvert une information judiciaire qui aurait eu pour principale conséquence de rendre leur légalité à ces enregistrements ?

Pour le comprendre, il faut savoir que Cotte est un magistrat très marqué à gauche. Membre du Syndicat de la magistrature, c'est un pur produit de l'école Badinter. Il en a été le directeur des affaires criminelles et des grâces. Lors de l'arrivée du gouvernement Balladur, en mars 1993, il sauve son poste qui a fait partie des « marchandages » de la cohabitation. Si le procureur général auprès de la cour d'appel change avec l'arrivée de Jean-François Burgelin, l'Élysée conserve un levier important dans son contrôle de l'action judiciaire : Cotte. On assiste à une étrange guerre de positions entre la police et la justice.

Franquet ne faisait pas confiance à Cotte et craignait une « fuite » organisée par ses services. Elle ferait capoter le flagrant délit. Quant à Cotte, il a endormi Franquet au cours de l'enquête préliminaire, ce qui lui permettra de demander ensuite la nullité des enregistrements.

La guerre se jouera aussi au plus haut niveau de l'État. La Chancellerie ne va pas agir sans arrière-pensées.

Le garde des Sceaux, Mehaignerie, trouve là un moyen de « glisser une banane » sous les pieds de Pasqua. Celui-ci, dont la popularité est au zénith dans les sondages, n'est-il pas le principal soutien de Balladur, Premier ministre pas encore candidat, dont l'élection semble assurée ? La rumeur place à Matignon le ministre de l'Intérieur. Mehaignerie a pu penser qu'en l'affaiblissant il offrirait des chances à l'un de ses poulains du CDS.

Ce groupe, dont il a été le président, est soumis, comme tous les partis politiques, à des enquêtes sur son financement. Sa mise en cause personnelle n'est pas à exclure.

Il faut rappeler que, jusqu'à l'élection de Balkany, en juin 1985, l'Office départemental HLM des Hauts-de-Seine a été présidé par Robert Parenty. Cet ancien sénateur avait une autre casquette : proche de Mehaignerie, il était le trésorier national du CDS. Il se trouve qu'avait été créé un « bureau d'études » baptisé du nom d'Aramis, et installé dans les murs mêmes de l'Office. À la veille de l'arrivée de Balkany, tous les dossiers de ce bureau furent déménagés dans la nuit.

Que va décider Peyron ?

Le flagrant délit s'est déroulé devant une dizaine de fonctionnaires de la PJ. La somme extorquée est importante. Le prévenu a voulu intervenir dans une instruction judiciaire. Tout cela ne décourage pas le juge d'instruction.

Maréchal n'ira pas en prison. Il est assigné à résidence dans sa maison de Barbizon. Je doute que son sort eut été le même s'il avait été un anonyme.

Peyron ne suit donc pas le procureur de Paris dans la première partie de son réquisitoire. En revanche, il décide de transmettre les enregistrements téléphoniques à la chambre d'accusation de la cour d'appel de Paris pour qu'elle se prononce sur leur validité ou leur nullité. Il suit ainsi la deuxième partie du réquisitoire de Cotte.

À ce point du dossier, il est important de souligner que Cotte aurait dû se décharger de l'affaire. Lorsqu'il a été établi que Maréchal devait recevoir le « biscuit » d'un million de francs, le procureur de Paris devait passer la main à son collègue de Bobigny, Roissy étant le lieu de l'arrestation programmée de Maréchal. Mais le procureur de Bobigny ne partage pas les idées politiques de Cotte. Pas question pour celui-ci de laisser filer ce dossier sensible.

Le juge d'instruction demande à la cour d'appel de se prononcer sur les écoutes. L'affaire est mal engagée. Il n'en demeure pas moins que le flagrant délit est réel. Si Maréchal n'a pas fait d'aveux complets, faute de temps, il a tout de même reconnu une bonne partie des faits.

La véritable enquête

Le jour même, Leclair téléphone à Peyron. Selon lui, la véritable enquête commence. Il prépare pour le magistrat une liste complète des points à éclaircir dans cette ténébreuse affaire. Il s'agit d'agir vite pour que des pièces essentielles ne disparaissent pas et parce que la pression des médias augmente. Leclair propose au juge un véritable canevas pour boucler l'enquête.

Il faudrait envoyer discrètement une équipe à Anguilla dans l'hôtel de Maréchal pour :

1) savoir s'il était seul ou non dans sa chambre. Au cas où quelqu'un partageait son lit, cette personne a été forcément le témoin de nos conversations.

2) récupérer et identifier, à partir du listing informatique de l'hôtel, les appels téléphoniques passés par Maréchal pendant ses vacances, leurs dates et heures.

3) contrôler si quelqu'un a rejoint Maréchal entre le 15 décembre, date de mon premier appel, et le 19 décembre, date de son départ.

4) entendre Hélène Halphen pour déterminer son implication éventuelle dans cette affaire.

5) entendre madame Maréchal, l'épouse du docteur, chez qui les policiers ont trouvé lors d'une perquisition une revue de presse détaillée concernant l'enquête de son gendre. Était-elle au courant de la machination de son époux ?

Les hommes de Leclair sont prêts. Ils n'attendent plus que le feu vert du magistrat. La réponse de celui-ci est foudroyante : le premier acte d'instruction du juge Peyron va être de dessaisir la PJ au profit de la section de recherche de la gendarmerie de Paris.

La décision ne laisse planer aucun doute. Il s'agit bien d'une remise en cause de l'impartialité de la police. Leclair ne comprend pas ce qui a poussé le magistrat à agir de la sorte. Personne ne peut contester le côté irréprochable de l'enquête préliminaire. Elle a été menée sous le contrôle du procureur, entre le jeudi 15, date du dépôt de ma plainte, et le mardi 20 décembre, avec l'arrestation de Maréchal. Peyron aurait-il peur que l'enquête, initiée par Leclair, révèle des choses cachées ? Si les Halphen ont « les cuisses propres » dans cette affaire, on le prouvera et ils seront lavés de tout soupçon.

La vérité, nous ne la saurons jamais. D'enquête, il n'y en aura pas. Peyron passera plus de temps à éplucher les agendas, les répertoires téléphoniques du couple Schuller/Delaval, qu'à orienter son enquête sur la famille Maréchal/Halphen.

Au soir du mercredi 21 décembre, les rumeurs de dessaisissement d'Halphen commençant à sortir, il apparaît de plus en plus difficile au magistrat d'instruire un dossier, alors que son beau-père vient d'être mis en examen pour « tentative d'extorsion de fonds et trafic d'influence ».

La conférence de presse du 23 décembre n'a pas calmé les esprits, au contraire. Les journalistes veulent connaître les détails. Beaucoup se demandent pourquoi je n'ai pas porté plainte dès le 14 octobre, quand Maréchal m'a fait son offre.

Il m'a proposé de jouer le rôle d'intermédiaire entre lui et les instances dirigeantes du RPR pour rendre service au mouvement, et j'aurais dû porter plainte ? Ses propositions n'étaient ni honnêtes, ni morales. Il réclamait de l'argent, mais, après tout, c'était aux principaux intéressés de prendre l'initiative d'une plainte. Pasqua a-t-il porté plainte quand il a appris le marché que proposait Maréchal ? Et Balladur ? Et Debré ?

Personne ne mettait en doute la capacité de Maréchal de faire pression sur son gendre. Tout le monde, moi le premier, jugeait sa proposition indécente, mais de là à porter plainte ?

Deux mois plus tard, tout a changé. Entre-temps, il y a eu les relances téléphoniques de Maréchal, son mot déposé au cabinet de Cavallini et, quelques jours après, la perquisition de son gendre, à Clichy.

J'ai pensé d'abord que Maréchal se vantait.

J'ai attendu pour porter plainte le 15 décembre. Et rien d'autre. C'est ma seule faute.

Je réalise que ce n'est plus Maréchal qui intéresse la presse. Je m'étonne d'entendre les journalistes me poser tous les mêmes questions. Ils ont des informations identiques, distillées par « des milieux judiciaires bien informés ». Ils se comportent en inquisiteurs. Rien ne sera oublié au cours de ces interviews : ma vie privée, mes revenus, l'Office départemental des HLM des Hauts-de-Seine, les publicités du *Clichois*. Je réponds aux questions, preuves à l'appui. Ma déception et ma stupéfaction seront grandes quand, à la lecture des journaux, je m'aperçois que quand je parle, on ne m'entend pas.

J'apprends que le président de la République a convoqué à l'Élysée le Premier ministre et le ministre de la Justice. Je me dis que si Mitterrand s'en mêle, c'est qu'il a de bonnes raisons de le faire.

Mitterrand s'en mêle

Je l'ai approché pendant mon court passage à gauche, après la défaite de Chaban, en mai 1974. Il m'avait reçu Cité Malesherbes au siège du PS, entre les deux tours de l'élection présidentielle. Et, en août 1975, Pierre Charon et moi-même avions été envoyés par Robert Fabre au Portugal, pendant la « Révolution des œillets ». J'étais chargé d'établir des contacts avec les responsables politiques portugais, allant du Centre jusqu'au PC. Mario Soares m'avait entretenu pendant plus de deux heures.

À mon retour en France, Fabre me pria de passer à Latche avant de venir le voir à Villefranche-de-Rouergue. Le leader de la gauche souhaitait entendre le récit de mes entretiens au Portugal.

Nous sommes dans la forêt landaise et, à quelques kilomètres de là l'océan gronde. Chez Mitterrand tout respire l'équilibre. Un raffinement de bon aloi, des meubles choisis avec goût.

Charon et moi lui avons raconté notre voyage. En attendant l'heure du dîner, notre hôte nous fait visiter les lieux.

Le futur président de la République caresse l'âne qui paît paisiblement dans un pré et nous gratifie d'un commentaire savant sur de jeunes arbres fraîchement plantés. Un couple de visiteurs pénètre soudain dans la propriété. Il est d'apparence modeste. L'homme se présente, visiblement ému :

— Nous venons de Hénin-Liétard. Je suis mineur de fond et ma femme fait des ménages. Nous cherchons votre maison depuis ce matin. Nous sommes si fiers et si heureux de vous rencontrer, Monsieur Mitterrand.

Mitterrand n'a pas bougé. Il ne manifeste aucune marque de sympathie. Il n'aime pas être importuné, même par des personnages tout droit sortis de *Germi-*

nal. Ces deux-là troublent sa quiétude. J'aurais aimé le voir prendre ce mineur par le bras. Il lui aurait offert le verre de l'amitié, en reconnaissance de cette présence bénie : enfin un prolétaire, un vrai ! Mais il cligne nerveusement des cils, comme à son habitude, et congédie les intrus :

— Bon, c'est gentil à vous d'être venus jusqu'ici. Je suis avec des amis. Au revoir.

Et le mineur, sans doute silicosé, se retrouve là, seul avec sa compagne, le maître de Latche nous ayant entraînés avec lui.

Le soir même, attablés dans un restaurant du coin, nous dégustons un somptueux foie gras frais. Mitterrand analyse la situation portugaise, les rapports entre la sociale-démocratie allemande et Soares, l'exclusion du PC portugais. Il est étincelant, précis et d'une culture historique impressionnante.

Je le dépose à la gare de Dax avec ma voiture. Il doit prendre un wagon-lit pour Paris. Il assistera le lendemain à une réunion dans la Nièvre. Je lui porte sa valise jusqu'à son compartiment. Nous croisons un groupe d'employés de la SNCF qui le reconnaissent. Ils viennent le saluer. Nous sommes très entourés. Mitterrand, de bonne humeur malgré l'heure tardive, fait des frais à ses interlocuteurs. Il vibre. Les cheminots de Dax ont été plus gâtés que les prolos d'Hénin-Liétard.

En écoutant le journal télévisé de 20 heures, j'apprends le résultat de la rencontre entre Mitterrand, Balladur et Mehaignerie. Si le président de la République a décidé de calmer les esprits en cette veille de Noël, il a l'intention d'exiger qu'aucune mesure ne soit prise par le ministre de la Justice pour dessaisir le juge Halphen.

Balladur, lorsqu'il pénètre dans le bureau du Président, a déjà pris sa décision et donné ses instructions. Depuis le dépôt de ma plainte contre Maréchal, il a été tenu informé par le ministre de l'Intérieur du déroulement de l'affaire. Malgré la mobilisation de la gauche et des syndicats de magistrats en faveur d'Halphen, l'intervention orientée de la presse et le mutisme de la majorité, il a décidé de faire dessaisir le juge.

La convocation de Mitterrand le prend à contre-pied. Face à la fonction présidentielle qu'il s'apprête pourtant à briguer, il cède. Il s'engage à ne pas dessaisir Halphen et quitte l'Élysée. Quelques minutes plus tard, une dépêche de l'AFP rapporte que, selon le parquet général, « M. Halphen ne pourrait plus instruire le dossier des fausses factures de la région parisienne ». C'est clair : si Halphen ne demande pas son dessaisissement, le parquet général le fera à sa place. Soit exactement le contraire de ce qu'ont dit le Premier ministre et le garde des Sceaux au chef de l'État.

Mitterrand est furieux. Comment ont-ils osé le tromper à ce point ? Il décide alors de saisir le Conseil Supérieur de la Magistrature pour qu'il examine les conditions dans lesquelles le juge Halphen pourrait se voir retirer les dossiers qu'il instruit dans l'affaire de fausses factures.

Il fait ainsi d'une pierre deux coups. Il affirme son

autorité et sa suprématie de chef de l'État et, au moment où l'affaire Collé éclate, engage une formidable manœuvre de diversion. Il coupe les pattes à Balladur et à Mehaignerie qui, malgré leurs habituelles hésitations, ont pris une décision ferme.

Quant au procureur général de Paris, il se retrouve purement et simplement désavoué. Balladur et Mehaignerie, après lui avoir ordonné de faire sa déclaration, lui demandent maintenant de dire le contraire. L'hypocrisie atteint son paroxysme avec le communiqué de Mehaignerie, daté du 23 décembre : « Ce n'est pas au pouvoir politique qu'il appartient de décider dans ces affaires. La pratique constante du garde des Sceaux, rompant avec les usages antérieurs, est de laisser décider les autorités judiciaires naturellement compétentes. L'appréciation de ces éléments et la décision définitive sont de la compétence de la Cour de cassation, juridiction souveraine. »

Balladur s'efface et laisse Burgelin « porter le chapeau ». Ce sera une constante du gouvernement Balladur : « coiffer » les serviteurs de l'État pour se tirer d'affaire.

Les rapports de Mitterrand avec la justice ne datent pas d'hier. Avocat, il a été garde des Sceaux sous la IVe République. Il connaît à fond le fonctionnement des services de la Chancellerie. Il a pu mesurer les forces et les faiblesses de ceux qui aspirent à occuper les postes de la hiérarchie judiciaire. À titre personnel, le président de la République a eu aussi maille à partir avec les juges, lorsqu'il était sénateur de la Nièvre. Il a su utiliser la procédure pour faire enterrer puis oublier « l'attentat » de l'Observatoire.

Depuis qu'il est président, son rôle, d'après la Constitution, est d'être le garant de l'indépendance de la justice. Il a nommé comme secrétaire général du Conseil supérieur de la Magistrature, l'organisme responsable de la nomination des plus hauts magistrats, des fidèles parmi les fidèles. L'indépendance de la justice, Mitterrand entend qu'elle s'applique dans sa dépendance.

Le régime socialiste devient le régime des affaires, au sens lucratif. Ne parlons pas du financement du parti, ni d'Urba Conseil. Ce n'est ni plus original, ni différent de ce qui s'est toujours pratiqué dans les partis, du PC à la droite, toutes tendances confondues. Parlons des amis, parmi les plus proches, des compagnons de route successifs qui, de Roger-Patrice Pelat à Bernard Tapie, en passant par Alain Boublil, ont eu avec l'argent des rapports si peu « socialistes ».

Parlons de ce qui aurait pu mobiliser des dizaines de procureurs et de juges et qui, grâce à l'habileté et à la vigilance d'une équipe entourant le chef de l'État, est resté presque toujours dans l'ombre. Lorsque les magistrats ou la presse s'attardaient sur un dossier ou un homme, tout a toujours été fait pour les en détourner.

Justement, en cette fin de règne, les nuages annonciateurs de « mauvaises affaires » s'accumulent.

L'affaire Schuller/Maréchal arrive à point nommé.

« Schuller m'a tendu un piège. »

Le vendredi 23 décembre, *Le Parisien* sort un scoop. Il a l'interview exclusive de Maréchal. « Schuller m'a tendu un piège », peut-on lire en première page. L'information fait le tour des rédactions qui, de nouveau, se passionnent.

Le téléphone ne cesse de sonner. Les journalistes cherchent à me joindre pour avoir ma réaction. Que puis-je dire ? Je n'ai rien à ajouter. J'ai déjà tout expliqué dans ma conférence de presse. Mon avocat, François Gibault, met à ma disposition son appartement parisien. Les journalistes se succèdent toute la journée, sans interruption. Je n'ai même pas le temps de déjeuner.

L'actualité est chaude. Les rédactions sont avides de nouveauté. Je me prête docilement au jeu des questions et des réponses. Je raconte des dizaines de fois comment Maréchal a pris contact avec moi, mon dépôt de plainte, la remise du « biscuit » d'un million de francs à Roissy.

L'interview du *Parisien* a produit l'effet recherché. Il y a désormais deux thèses qui s'affrontent : la thèse de Maréchal et la mienne. Les faits sont pourtant là. L'enquête a été menée par des fonctionnaires de la PJ et pas des moindres. Maréchal est venu récupérer son argent devant des policiers en planque qui ont tout vu... et les journalistes me relancent en disant :

— Mais Maréchal a dit que... Qu'avez-vous à répondre à cela ?

J'ai l'impression désagréable qu'ils ne croient qu'à sa version des faits.

Certains d'entre eux avaient traité l'affaire elle-même avec du scepticisme, voire de la méfiance. Elle leur semblait trop énorme. Ils ne pouvaient pas croire qu'il n'y avait rien de caché derrière et ont usé tout de suite du conditionnel. Ils seront moins prudents quand il s'agira de moi. Dès le premier jour, on pouvait entendre à la radio que « le beau-père du juge Halphen a été arrêté ce matin à Roissy. Il *aurait été pris* en flagrant délit en train de se faire remettre la somme d'un million de francs du conseiller général RPR de Clichy, *mis en examen* dans l'affaire des fausses factures d'Ile-de-France instruite par le juge Halphen. »

L'information est falsifiée. Maréchal a *vraiment* été pris en flagrant délit. Quant à moi, je n'ai *jamais* été mis en examen, ni convoqué par les policiers et encore moins entendu par le juge.

Je dois reconnaître, avec le recul, que si je n'avais pas vécu ces faits, j'aurais trouvé le « coup pas frais » en lisant la presse. Le silence du « premier flic de France », d'ordinaire si prolixe, n'a pas aidé à dissiper les doutes. Pourtant cette enquête a été menée par ses hommes. C'est lui qui m'a recommandé de porter plainte et confié à Franquet.

Pourquoi Charles Pasqua a-t-il observé une discrétion peu conforme avec ses habitudes ? Certainement parce que ses collaborateurs de la place Beauvau le lui ont conseillé. Et surtout le premier d'entre eux, William Abitbol. Quelle formidable erreur de stratégie ! Si Pasqua, au lendemain de la réussite de l'opération sur l'Airbus bloqué à Marseille par un commando islamiste, avait engagé son poids politique et sa popularité, il aurait pu rompre l'alliance de la presse, des syndicats de magistrats et de l'Élysée. Surtout, il aurait su pousser Balladur à se battre plutôt qu'à se réfugier dans un attentisme qui allait lui coûter si cher.

On ne refait pas l'histoire. Des semaines plus tard, à contre-temps, Pasqua montera au créneau. Son intervention sera sévèrement jugée, surtout par les médias. Plus il sera critiqué, plus il s'empêtrera. Il perdra, en quelques jours, une partie de son aura, de ce qui fait son image d'homme fort de la droite.

Quant à Abitbol, chargé de mission auprès de lui, s'il décide de pousser son patron à se taire, ce n'est pas un hasard. Le légendaire « réseau Pasqua » comporte en fait des équipes compartimentées. Elles n'ont en commun que le service du patron. Comme tout homme politique d'envergure nationale, Pasqua a réuni autour de lui des femmes et des hommes dont les origines politiques, sociales et professionnelles sont différentes.

En réalité, tout les sépare. Lui joue de ces oppositions. Qu'y a-t-il de commun entre un homme de l'ombre, comme le préfet Marchiani, qui négocie les libérations d'otages, le juge Alain Marsaud, qui garde un œil attentif sur les menaces terroristes, Abitbol, Jean-Jacques Guillet et Balkany ? Je ne révèle pas un secret militaire en disant qu'Abitbol et le couple Balkany ne s'aiment pas. Mais quand il faut remplir les caisses pour la campagne du référendum de Maastricht, Pasqua, Philippe Séguin et Philippe de Villiers, réconciliés, se tournent ensemble vers les amis de Balkany.

Toujours est-il que Pasqua, dans l'affaire Maréchal, a arbitré en faveur d'Abitbol, malgré les conseils de Balkany. J'en ferai les frais. Le ministre s'est lourdement trompé. Lorsque Balladur fera le bilan de sa campagne présidentielle, il mesurera l'importance de l'affaire Maréchal et des grosses fautes commises.

C'est à Franquet, seul, que l'on demande de monter au créneau. Il s'exécute. Mais cet homme de l'ombre est plus à l'aise sur le terrain, avec ses hommes, que dans les studios de télévision. Plus il parle et plus le silence de Pasqua se fait sentir.

On ne peut pas dire que les élus de la majorité se pressent pour s'exprimer. Je ne reviens pas sur le silence de Jean-Louis Debré dont les déclarations auraient pu confirmer le caractère crapuleux de la démarche de Maréchal.

Je me retrouve seul et ma voix se perd dans le tumulte.

Je retourne à Clichy faire mes derniers achats de Noël. J'y rencontre quelques Clichois. Ils n'ont rien compris à toute l'histoire. Ils m'ont vu à la télévision et entendu dire des tas de choses sur moi, désagréables le plus souvent. Ils m'abordent avec gentillesse :

— Ne vous en faites pas, Monsieur Schuller, ça va s'arranger. Et puis, on compte sur vous pour être notre maire en juin prochain. Ce n'est pas les journalistes ou les juges qui vont décider à notre place. On vous connaît. On vous fait confiance. Joyeux Noël et bonne année !

CONSÉCRATION DU CSM

Comment réagira le Conseil Supérieur de la Magistrature ? L'institution trouve ici sa consécration. Inconnue du grand public, née de la réforme constitutionnelle de juillet 1993, elle n'a eu de cesse d'imposer son indépendance toute neuve. Elle est composée de seize membres dont douze magistrats élus par leurs pairs, de la Cour de cassation à la base. Le président de la République ne nomme plus qu'un seul membre.

La saisine du CSM par Mitterrand n'a qu'un précédent. L'ancien ministre du Travail Robert Boulin ayant mis en cause dans une lettre trouvée après son suicide l'instruction de Van Ruymbecke (le jeune juge aveuglé par sa volonté de faire un carton sur un ministre), Giscard, en décembre 1979, a demandé au CSM de se prononcer sur l'enquête.

Mitterrand offre une occasion au Conseil de rappeler ses compétences et d'affirmer son autorité. Mais les conseillers savent qu'ils ne peuvent pas se substituer aux juridictions. Leur avis n'est pas une décision de justice et n'aura en définitive que le poids moral que l'on voudra lui donner. De plus, le Conseil ne dispose d'aucun pouvoir d'investigation. Le conseiller François Grégoire le confirme : « Nous sommes dans la liberté la plus totale, mais aussi dans l'incertitude la plus totale. Nous ne savons rien du dossier Maréchal. Nous ne donnerons de toute façon qu'un avis général et, en quelque sorte, académique. »

Le président de la République a-t-il le droit de saisir le CSM ? En tout cas, il l'a pris, sans hésiter, au seul titre de sa fonction, alors que les textes de 1994 ne le permettent pas. En demandant l'avis du CSM, il conforte sa position. Il en officialise aussi le rôle. C'est un acte politique d'une grande habileté. Comment le Conseil pourrait-il être insensible à cette marque de reconnaissance ?

Dans son avis remis le 30 janvier 1995 à Mitterrand, le CSM exclut le dessaisissement du juge Halphen.

Moi-même, je n'ai jamais demandé cela. Pour la bonne et simple raison que je ne suis pas concerné par son instruction, contrairement à ce qui a été écrit à ce sujet. J'ai été « mis en cause » par certains journaux, rien de plus.

Burgelin, le procureur général de Paris, est chargé de veiller à l'application de la loi pénale. Il doit contrôler la poursuite de l'information judiciaire ouverte à Créteil et assurée par Halphen. Ce dernier est concerné par les agissements de Maréchal. Le Code de procédure pénale a prévu divers modes de dessaisissement d'un juge d'instruction. Le procureur général de Paris ne saisit pas la Cour de cassation en ce sens. Il attend que le juge Halphen se décharge lui-même de son instruction. La saisine du CSM par le chef de l'État vient interrompre ce processus.

Le CSM s'est adressé solennellement au président de la République. Au-delà de son avis, qui exclut tout dessaisissement du juge, il rédige un rapport de dix pages qui ne départage pas les parties opposées ; « Deux thèses sont à ce jour en présence, celle de M. Schuller, d'une banale extorsion de fonds, celle de M. Maréchal, accréditée par beaucoup, d'une machination ayant pour but de déstabiliser M. Halphen et dans laquelle M. Maréchal n'était peut-être qu'une naïve victime. »

Qui est l'escroc ?

Qui est la victime ?

Le Conseil exprime sa sympathie au juge, en rendant « hommage à la force de caractère de M. Halphen qui, outre les responsabilités d'une tâche difficile, doit désormais faire face à une situation éprouvante ». Et son rapport attribue l'attitude du parquet général qui avait souhaité le dessaisissement du juge Halphen à « quelques propos trop hâtifs des responsables du parquet de Paris ».

Le Conseil ouvre néanmoins la voie à d'autres solutions moins radicales que le dessaisissement, et moins blessantes pour Halphen, mais qui lui apparaissent, à terme, comme une évidence. Tout le monde, magistrats ou commentateurs, semble d'accord sur un point : il n'est pas question que le juge puisse « pousser plus avant ses investigations à l'encontre de Didier Schuller dont la perquisition du 13 décembre aurait pu être le point de départ ». Halphen, lui-même, ayant « de la façon la plus spontanée, et avec détermination reconnu qu'il n'était plus question pour lui d'accomplir aucun acte d'instruction le concernant ».

Il apparaît important aux membres du Conseil de proposer dès à présent des solutions, même si le dessaisissement n'a pas été demandé pour l'instant. Ils ouvrent la porte à « la faculté ouverte par l'article 83 du Code de procédure pénale, qui prévoit l'adjonction d'un ou de plusieurs autres juges d'instruction, mais dont le CSM se demande si cette solution serait suffisante en raison des pouvoirs qu'elle laisse au juge initialement saisi ».

Les magistrats affirment en fait leur préférence pour une seconde solution, celle de la disjonction, prévue par l'article 84 du Code de procédure pénale. Elle permettrait la désignation d'un nouveau juge d'instruction.

Un autre tribunal que celui de Créteil serait chargé de l'éventuel dossier « Hauts-de-Seine ». Le CSM rappelle également le principe de la Cour de cassation selon lequel le changement de magistrat s'avère nécessaire lorsque les conditions dans lesquelles il peut être amené à connaître d'une affaire sont de nature à compromettre l'autorité et la liberté de son jugement.

Le 1er février, tout semble clair : si le CSM a renouvelé sa confiance au juge Halphen, il apparaît évident que, tant que la lumière ne sera pas faite sur les conditions dans lesquelles son beau-père a été arrêté, il n'est pas question, pour un bon exercice de la justice, qu'il instruise le dossier des Hauts-de-Seine ni a fortiori, le mien.

Pour le CSM, la meilleure solution est de transférer à un autre tribunal, donc à un autre juge d'instruction, la partie du dossier qui pourrait concerner le 92. Autre tribunal. Autre juge. Autres policiers.

Alors plus de requête en suspicion légitime, plus de récusation.

Une délégation de magistrats se rend en fin de journée à l'Élysée, pour rendre l'avis tant attendu.

Si le rapport qui accompagne l'avis remis au Président est impeccable sur les points de droit, il l'est beaucoup moins sur d'autres. Je dirais même qu'il se contredit. Pour preuve :

Le CSM part d'une hypothèse sur laquelle il fonde son raisonnement. En préambule de son avis, on peut lire « qu'il résulte des auditions auxquelles a procédé le Conseil supérieur et notamment de celle de M. Halphen, que celui-ci, juge d'instruction au tribunal de grande instance de Créteil, a été saisi d'une information concernant une affaire de fausses factures relatives à des marchés passés par des offices publics d'HLM de la région parisienne, que M. Schuller, cité dans l'instruction de cette affaire ayant mis en cause M. Maréchal, beau-père de M. Halphen, celui-ci a arrêté toute investigation concernant l'Office public d'HLM des Hauts-de-Seine dans les activités duquel M. Schuller est impliqué : qu'une telle situation paralyse le cours normal de la justice ».

Le CSM considère donc établi, que « Didier Schuller tire de l'affaire Maréchal le bénéfice d'un retard procédural ».

Je lirai plus loin avec stupeur que « le dessaisissement du juge n'aurait d'autre raison d'être que l'implication de Didier Schuller dans les faits localisés dans les Hauts-de-Seine ».

Il apparaît donc comme un fait établi pour les membres du Conseil que j'avais un mobile en portant plainte contre Maréchal, que je cherchais à me protéger.

On ne peut pas à la fois affirmer que je suis impliqué dans l'affaire instruite par le juge Halphen pour trouver une justification bien arrangeante à l'affaire Maréchal et, en même temps, reconnaître discrètement qu'il n'y a pas d'instruction me concernant.

Comment peut-il y avoir un dossier dans lequel je serais impliqué, alors que la perquisition au *Clichois* s'est déroulée deux jours avant le dépôt de ma plainte, n'a rien donné, et ne pouvait rien donner, comme j'ai pu au préalable m'en expliquer ?

Qu'est-ce qui justifie la décision des membres du Conseil ?

Et si Halphen les avait abusés ?

Et s'il leur avait dit qu'il détenait un dossier accablant contre moi, alors que ce n'était pas le cas ?

Le secret de l'instruction l'empêchant de faire état de l'avancement réel de son enquête, c'est sur sa seule parole que le Conseil s'est forgé une opinion. Il n'a travaillé ensuite qu'à partir de coupures de presse.

L'affaire du million gêne trop Halphen.

Professionnellement d'abord. Elle fait peser sur lui le soupçon qu'il est, comme Maréchal l'a affirmé, tenu par « un cadavre dans le placard ». Et son indélicat beau-père n'a pas hésité, pour se défendre, à mettre sur la place publique ses histoires personnelles. Nous touchons là les tréfonds du sordide.

Pourquoi placer d'emblée Halphen hors de tout soupçon ? Seule une enquête minutieuse aurait permis la réponse à cette question. La solidarité totale des magistrats entre eux a tout bloqué.

Pourquoi n'ai-je pas pu témoigner ? Le souci de l'équité l'aurait exigé.

III

LA MISE À MORT

UN FLAGRANT DÉLIT PROVIDENTIEL

Le jeudi 2 février, Alexandrine Bouilhet, journaliste au *Figaro*, cherche à me joindre à ma permanence.

— Un de vos amis, un certain M. « Schrimpf », a été arrêté par la police. Êtes-vous au courant ?

Je tombe des nues. S'agit-il de Jean-Paul Schimpf ? On se connaît depuis quinze ans. Alsacien, d'un caractère solide, il cultive le goût du secret. Il m'a été présenté par des camarades de l'ENA lorsque j'occupais le poste de chargé de mission à la direction des affaires économiques du ministère de l'Équipement. Il était copropriétaire avec deux associés d'une entreprise de travaux publics de la région parisienne, vendue depuis au groupe Bouygues. Mais son activité principale l'entraînait vers l'Orient et l'Extrême-Orient. En Chine, il négociait d'importants contrats.

Lorsque mon fils Antoine commence, en 1993, à vivre difficilement ses dix-sept ans, comme beaucoup d'adolescents, je me confie à Jean-Paul. Il me propose de l'emmener en Chine. La découverte de ce pays lui offre une nouvelle vision du monde. Il en revient transformé. Jean-Paul reste un de mes très proches amis. Je n'ai pas l'intention de le renier.

Le journal télévisé du soir me confirme que c'est bien de lui qu'il s'agit. Il est mis en examen et placé sous mandat de dépôt. Je suis consterné. Que vient-il faire dans cette galère ?

Le juge Halphen aurait eu la veille un coup de fil anonyme, un de plus, l'informant qu'un « ami de Didier Schuller » allait recevoir des fonds en espèces sur un parking de Nogent-sur-Marne. Il s'agirait de commissions occultes relatives aux marchés publics de l'Office HLM des Hauts-de-Seine. Halphen envoie alors ses « boys » – c'est ainsi que *VSD* appelle l'équipe de policiers du huitième cabinet de la préfecture de police de Paris – Poirrier en tête.

Une femme chef d'entreprise est arrêtée. Elle a sur elle une enveloppe avec 46 000 francs en espèces. Jean-Paul, qui a déjeuné avec elle, est en sa compagnie.

Ils sont placés en garde à vue et interrogés par Poirrier et ses hommes. Incarcérée en même temps que mon ami, la femme est libérée. Malgré ses dénégations et ses multiples demandes de mise en liberté, Jean-Paul restera cinq mois à Fresnes, en détention provisoire.

La différence de traitement avec Maréchal est criante.

Un « délit d'amitié »

Pourquoi les magistrats n'ont-ils pas appliqué la « jurisprudence Maréchal » et assigné simplement Schimpf en résidence surveillée dans son appartement de Colmar ?

Son arrestation est pain béni pour les magistrats de Créteil. Ils ne perdent pas une minute.

Deux juges du Tribunal de Grande Instance de Créteil sont désignés dès l'audition de Jean-Paul. Dans le climat de l'époque, une telle désignation m'alarme. Je conçois alors les plus grands doutes et les pires inquiétudes devant ce qui m'est présenté comme une justice partisane, incapable de sérénité.

Aucune « grande » voix ne s'élève à son tour, notamment dans mon camps politique, pour réagir à cette désignation de magistrats qui ont manifesté leur soutien au juge Halphen, leur voisin de bureau et qui se retrouvent en charge d'une instruction me visant.

Le républicain que je suis, qui refusait avec énergie de croire à la partialité de la justice, se met à douter.

Les circonstances qui ont conduit à l'interpellation de Schimpf, à sa mise en examen et à son incarcération, ne relèvent-elles pas du miracle ?

La presse est muette. Les journalistes, à qui les policiers ont distillé des informations, sautent sur l'occasion pour me déstabiliser en écrivant « à charge ». Je suis accusé de « délit d'amitié ». Comment pourrais-je être au courant des marchés de l'Office départemental alors qu'au moment des faits, le 1er février, il y a déjà plus de dix mois que j'ai démissionné de mes fonctions de directeur général !

Dès mon entrée en politique en 1988, j'ai pris la décision de ne plus participer aux commissions d'appels d'offres où se détermine le choix des entreprises travaillant avec l'office départemental. Dans ces commissions siègent, outre les délégués du conseil d'administration élus, un représentant du Trésor Public et un membre de la direction de la concurrence du ministère des Finances. Tous les marchés publics de l'OPDHLM 92 sont attribués par cette commission. Ils ont été à ce point contrôlés qu'un bureau spécial pour les inspections a été aménagé à l'Office.

Ce qui pourrait prouver mon innocence est envoyé aux oubliettes.

Si tout le monde s'accorde pour dire qu'Halphen n'est pas responsable des agissements de son beau-père, pourquoi ne pas me reconnaître les mêmes droits ? En quoi suis-je responsable des actes de Schimpf, que, pour ma part, je continue à présumer innocent ?

Quant aux conditions « miraculeuses » de cette arrestation en flagrant délit, des rumeurs circuleront sur une intervention dans l'ombre de l'équipe Pandraud, c'est à dire des hommes de Chirac. N'oublions pas que Poullain est proche d'eux, qu'il a salarié Rémy Halbwax et, que celui-ci avait été mis en détention par Halphen.

UN PEU DE DROIT

Lorsqu'une plainte est déposée, il y a deux façons de conduire les investigations. Soit une enquête préliminaire, menée par la police sous le contrôle du procureur de la République. Soit l'ouverture d'une information judiciaire avec la nomination d'un juge d'instruction.

Dans le cas de ma plainte contre Maréchal, l'enquête préliminaire est choisie. Cotte, le procureur de la République, a refusé l'ouverture d'une information judiciaire. En conséquence, il n'y a pas eu, jusqu'à l'arrestation de Maréchal, de juge d'instruction.

Quelle est la valeur des enregistrements téléphoniques ? Le juge d'instruction qui met en examen le docteur pose la question à la chambre d'accusation de la cour d'appel de Paris, dès le 21 décembre. On saluera au passage le souci manifesté par ce magistrat de vérifier si la police judiciaire n'a pas porté atteinte aux libertés individuelles. L'arrêt de la chambre d'accusation de Paris, rendu le 8 février 1995, considère que les enregistrements demandés par l'auteur de la plainte sont nuls.

Ce sont des écoutes téléphoniques que seul un juge d'instruction peut ordonner.

Il y a eu provocation de la part de Didier Schuller, avec l'assistance de la police.

L'importance d'un tel arrêt dans une affaire d'État m'oblige à en faire une lecture juridique, dont les principaux arguments sont tirés d'une analyse de la revue de Jurisprudence Dalloz, rédigée par le professeur Pradel de la faculté de droit de Poitiers.

Sur le premier point, le raisonnement des magistrats de la chambre d'accusation est simple : le procédé utilisé en l'espèce est une écoute téléphonique. Or toute écoute téléphonique ne peut être ordonnée que par un juge d'instruction, selon l'article 100 du Code de procédure pénale. Par conséquent, l'écoute est nulle puisqu'elle a été faite avant l'ouverture d'une information judiciaire.

Quelle est la définition d'une écoute téléphonique ? L'article L32 du Code des Postes et Télécommunications décide que « sont des écoutes, toutes interceptions de correspondances émises ou reçues sur un appareil téléphonique ».

Mais, et c'est la seule question qui se pose, est-ce que toute écoute ordonnée en dehors du juge d'instruction est nécessairement contraire à l'article 100 et suivants du Code de procédure pénale ?

La règle protège la vie privée. Tel est le message des arrêts de la Cour européenne des droits de l'homme où la France a été condamnée en avril 1990. Comme on ne peut pas se passer des écoutes, il faut confier au juge, gardien des libertés, le soin de les ordonner.

Tout citoyen peut de lui-même renoncer à la protection de la loi. Si quelqu'un demande la mise sur écoutes de sa ligne personnelle, on ne peut plus parler d'écoutes illégitimes. Il n'y a aucune raison de protéger une personne contre sa volonté. C'est d'autant plus vrai dans mon dossier que je pouvais être victime des propositions de Maréchal.

En faveur de la liberté des écoutes, on invoqua les nécessités de la recherche de la vérité. Il était difficile au parquet d'ouvrir une information sur des soupçons aussi vagues que ceux qui résultaient des déclarations que j'ai faites aux policiers le 15 décembre. Sans parler du risque d'atteinte au secret de l'instruction. Fallait-il écarter la preuve de l'affaire ?

On peut admettre que, dans le cas de l'enquête sur les agissements de Maréchal, les enregistrements étaient licites. Si j'avais agi seul, les enregistrements auraient été acceptés puisque la Cour de cassation en avril 1993 a admis qu'une victime peut communiquer au juge des enregistrements qu'elle a réalisés elle-même, fut-ce en ayant commis une infraction pour les obtenir. Il est cependant difficile de soutenir que l'assistance à la police est illégale.

Pour renforcer leur position les juges parisiens ont parlé de provocation. Maréchal a bien été incité à s'expliquer en répondant aux questions que je lui ai posées. Mais comment la cour d'appel peut-elle le qualifier de « délinquant en puissance, inactif depuis deux mois » ?

Et ses relances téléphoniques ? Et le mot déposé chez Cavallini ?

Il est permis de se demander comment l'on pourra

prouver certains délits si l'on n'use pas d'une provocation. La chambre criminelle de la Cour de cassation a permis à des policiers de se faire passer pour des clients afin d'établir des faits de proxénétisme dans un bar. En matière de drogue, les policiers peuvent offrir un produit à des suspects qu'ils soupçonnent d'en faire le trafic.

L'arrêt de la cour d'appel n'a pas fini de faire couler de l'encre !

En tout cas, le 8 février, il produit des effets immédiats.

Toutes les pièces du dossier sont annulées, en dehors des procès-verbaux établis le 15 décembre. Maréchal n'est jamais venu récupérer un million de francs à Roissy devant dix officiers de la PJ. Il n'a jamais reconnu les faits pendant sa garde à vue.

C'est le monde à l'envers. Je suis un provocateur et la PJ est ma complice. Les magistrats ont définitivement fermé la porte du placard où se trouve le « cadavre » de Maréchal. Ils sont ainsi sûrs de ne pas le voir en sortir. Le couple Halphen peut être satisfait. Les journalistes voient dans cette décision un désaveu grave de la police. Les politiques se taisent. Je suis quant à moi médusé.

Comment, en effet, pourrais-je imaginer qu'un simple candidat à la mairie de Clichy pouvait détenir plus de pouvoir que le juge lui-même, puisque j'aurais eu personnellement les moyens de retourner le beau-père d'un magistrat dont j'ignore tout, le pouvoir de persuasion de circonvenir cet honnête homme, le pouvoir de convoquer les plus hautes autorités de la Police Judiciaire, le pouvoir de leur intimer l'ordre de piéger celui qui était devenu ma proie, le pouvoir de lui procurer un million de francs en espèces, en les faisant sortir de la Banque de France, enfin, le pouvoir de faire procéder à cette interpellation !

Cet arrêt est un tournant décisif dans l'affaire Maréchal.

Dès le 21 décembre, le procureur Cotte émet des doutes quant à la validité des enregistrements effectués par les policiers, alors qu'ils travaillent sous son contrôle. Le juge instruisant l'affaire Maréchal prend l'initiative de suivre le procureur.

Pour faire comprendre la situation, je rappellerai brièvement d'autres notions de droit.

La loi stipule que sont interdites les écoutes quand elles sont faites lors de l'enquête préliminaire, alors qu'elles sont légales après l'ouverture d'une information judiciaire.

Deux thèses s'affrontent alors.

Celle de la police, soutenue par le parquet général, qui se réfère à une jurisprudence quasi constante en matière d'interceptions téléphoniques et qui les autorise quand elles sont faites à la demande de l'une des parties. Les policiers ont souvent en usage ce procédé dans les enlèvements d'enfants et les tentatives d'extorsions de fonds. L'enjeu est important. Votre enfant est enlevé, vous enregistrez la voix de son ravisseur quand il vous appelle. Le coupable est intercepté par la police. Alors, la cour d'appel annule cet enregistrement, déclare que c'est contraire à l'article 8 de la

Convention des droits de l'homme, contraire aux libertés individuelles, et annule la procédure qui en découle. Vous ne rêvez pas : votre ravisseur n'a jamais enlevé votre enfant. Il ne vous a jamais téléphoné et il est libre.

Voilà l'enjeu des écoutes. Annuler les enregistrements dans l'affaire Maréchal reviendrait pour la police à ne plus pouvoir enregistrer les appels d'un ravisseur.

La seconde thèse, soutenue par certains magistrats et par les avocats de Maréchal, repose sur l'article 100 du Code de procédure pénale qui prévoit que « seul le juge d'instruction peut, lorsque les nécessités de l'information l'exigent, prescrire l'interception, l'enregistrement et la transcription de correspondances émises par voies de télécommunication », ces opérations étant effectuées sous son autorité et sous son contrôle.

Le procureur de la République était bien placé pour demander l'annulation des écoutes, faites avec son autorisation et sous son contrôle, au stade de l'enquête préliminaire, alors qu'il avait à plusieurs reprises refusé aux policiers l'ouverture d'une information judiciaire, qui aurait eu comme conséquence de donner toute leur validité à ces écoutes.

L'intérêt défendu par les deux parties n'est manifestement pas le même.

Dans un cas, la police pense à l'intérêt général et aux conséquences dramatiques que pourrait entraîner l'annulation des écoutes, notamment en matière d'enlèvements d'enfants. Dans l'autre, la Cour enterre l'affaire Maréchal.

Exit la victime Schuller ; il ne reste plus que le criminel et, bientôt, le fugitif.

CHIRAC L'A TUER

« Je mets au défi quiconque de prouver que mon gouvernement n'a pas respecté scrupuleusement les règles de déontologie et les procédures légales », déclare Balladur en justifiant longuement le dimanche 19 février 1995, au journal de 20 heures de France 2, les écoutes gouvernementales opérées du 15 au 22 décembre sur les lignes téléphoniques du docteur Maréchal. « L'usage est d'admettre les écoutes téléphoniques dans les cas de tentative d'extorsion de fonds et de chantage », précise-t-il.

L'autorisation du Premier ministre a été officiellement donnée le 16 décembre par son conseiller pour les affaires intérieures, Philippe Marland.

Peut-on croire un instant que celui-ci n'en a pas averti, dans un dossier aussi sensible, son directeur de cabinet, Nicolas Bazire ? Et que celui-ci n'ait pas alerté son patron, Édouard Balladur ? De qui se moque-t-on ?

La vérité, c'est que Balladur a été informé en permanence du déroulement de l'affaire Maréchal. Je suis certain que Pasqua me dit la vérité lorsqu'il me transmet les encouragements du Premier ministre, à la veille de la remise du million de francs au docteur.

Reparlons des fameuses écoutes.

Interrogé dès la veille de la déclaration télévisée du Premier ministre, le conseiller d'État Paul Bouchet, président de la Commission nationale de contrôle des interceptions de sécurité (CNCIS), a apporté par avance un démenti dans *Le Monde* à l'affirmation de Balladur : « En matière d'extorsion de fonds, il ne peut y avoir d'écoutes administratives que dans le cas où de telles affaires sont l'œuvre de bandes organisées » À l'évidence la tentative d'extorsion reprochée à Maréchal ne relève pas de ce genre de délit.

Comme *Le Monde* l'analyse le 21 février, la loi de 1991 sur les écoutes téléphoniques est sans ambiguïté :

« Peuvent être autorisées, à titre exceptionnel, les interceptions de correspondances émises par la voie des télécommunications ayant pour objet de rechercher des renseignements intéressant la sécurité nationale, la sauvegarde des éléments essentiels du potentiel scientifique et économique de la France, ou la prévention du terrorisme, de la criminalité et de la délinquance organisées, et de la reconstitution ou du maintien de groupements dissous en application de la loi du 10 janvier 1936 sur le groupes de combats et les milices privées. »

Dans l'exposé des motifs, le gouvernement Rocard avait souligné que « la prévention de la criminalité et de la délinquance organisée vise particulièrement le trafic illicite de stupéfiants, le grand banditisme, le trafic d'armes, le faux-monnayage, la grande délinquance financière, la traite des êtres humains et les vols d'œuvres et d'objets d'art ».

Au cours de son plaidoyer à la télévision, Balladur estime que « les procédures sont parfaitement claires, quand il y a urgence [...] dans un cas de flagrant délit. Et là, il s'agissait d'une affaire d'extorsion de fonds, la procédure [a donc été] accélérée ». Le Premier ministre a de la sorte donné son aval à la réalisation de « l'interception de la ligne de M. Jean-Pierre Maréchal [...] selon la procédure d'extrême urgence », comme l'indiquait le communiqué diffusé par Matignon, le samedi 18 février en fin de matinée.

Machine arrière toute

Le candidat Balladur s'aperçoit que sa prestation télévisuelle n'a convaincu personne. Il n'est plus possible de protéger Pasqua qu'il vient pourtant de qualifier d'« excellent ministre de l'Intérieur ».

Et comme la responsabilité du ministre et de son directeur de la PJ paraissent, au contraire, directement en cause dans cette affaire d'écoutes, il faut couper une tête. Ce ne peut être celle de Pasqua. Ce sera celle de Franquet.

La presse commente :

« Après les révélations sur les écoutes téléphoniques administratives autorisées par Matignon dans l'affaire Maréchal-Schuller, Jacques Franquet, directeur de la police judiciaire, a présenté sa démission. De son côté, Paul Bouchet, président de la commission de contrôle des interceptions de sécurité a déclaré que les écoutes sont entachées d'"anomalies" et de "camouflages". Enfin, Matignon annonçait hier la suspension des écoutes en "extrême urgence". Quant à Charles Pasqua, en déplacement à Marseille, il s'en prenait très vivement à Jacques Chirac suspect à ses yeux de s'attaquer à sa personne. »

La messe est dite !

Balladur, deux jours après sa prestation télévisée, est obligé de se rétracter et de battre sa coulpe. Il a menti à des millions de Français le 19 février 1995. Il ne s'en relèvera pas.

Il est temps de s'interroger sur le rôle du préfet Marland, chargé au cabinet de Balladur des « affaires intérieures ».

La classe politique a suivi, après l'élection de Chirac en mai 1995, la « chasse aux sorcières » dont furent victimes les principaux membres des cabinets ministériels de Balladur et de Sarkozy. Ils vont payer de plusieurs mois d'attente « leur reclassement » dans l'administration, souvent sans promotion. Ils sont traités comme dans les périodes d'alternance politique lorsqu'un gouvernement socialiste succède à un gouvernement de droite, ou le contraire, par exemple en 1981, 1986, 1988, 1993.

Heureuse exception à ce traitement réservé aux vaincus, ou aux traîtres de 1995, la surprenante nomination de Marland au poste envié de préfet des Alpes Maritimes par le gouvernement Juppé, dès sa mise en place.

Je pense que Balladur a dû réfléchir, au cours des longues soirées qui ont accompagné les lendemains de sa défaite, à la nécessité de bien choisir son entourage.

Mais il est trop tard. Chirac, son « sympathique » ami de trente ans, a su au bon moment là où se trouvait la vraie faiblesse de l'armure balladurienne. Il a frappé le coup imparable et... mortel.

Les deux pinces de la tenaille vont se refermer. D'un côté la question de la légalité des écoutes téléphoniques qui, dès le 20 février 1995, va littéralement le « massacrer » ; de l'autre mon départ précipité qui donnera à l'affaire un parfum de soufre.

Et l'on ne peut que s'interroger sur l'appel anonyme que reçut Halphen pour le mettre sur la piste de mon ami Schimpf. Des rumeurs situent du côté de l'entourage de Robert Pandraud la fuite qui permit son arrestation.

IV

LA GRANDE CAVALE

FUIR ?

Le 9 février, en fin de matinée, j'ai rendez-vous avec François Gibault, à son cabinet, pour parapher le pourvoi en Cassation que nous avons préparé concernant l'annulation de la procédure Maréchal.

Vers 1 heure 15, mon portable sonne : c'est Szpiner. Son ton est plus que persuasif, directif :

— J'ai des informations d'une source haut placée. Vous allez être arrêtés incessamment. Il est encore temps de partir.

Je l'interrompt :

— Francis, Christel est en route pour un examen médical à l'hôpital Beaujon.

Il insiste :

— Vous avez quelques heures. Téléphone-lui et récupère-la. En tout cas, je t'aurai prévenu. Excuse-moi, je dois te laisser. On se rappelle et, de toute façon, je te rejoins demain à Genève pour prendre tranquillement une décision, si tu pars.

Je regarde Gibault et je lui explique la teneur de ma conversation avec Francis.

Il est formel :

— Ne partez pas, ce serait une grosse erreur. Je suis convaincu que votre dossier n'est pas si lourd.

— Maître, mon problème est grave. Christel est visée par l'équipe de Créteil. Elle a 27 ans, deux jeunes enfants. Clara n'a qu'un an. S'ils la mettent en détention [1], c'est une responsabilité que je n'ai pas le droit de prendre.

De toute façon, avec un tel scandale, Clichy, c'est foutu ; le Front National fera plus de 10 % des voix au premier tour. J'ai de l'argent de famille. Prenons du champ. Il sera toujours temps de rentrer lorsque ça se calmera.

Ma décision est prise. J'ai une confiance absolue en Francis. C'est comme lorsqu'on choisit un chirurgien pour une opération risquée : on ne change pas de mains avant l'anesthésie.

Je donne rendez-vous à Christel devant l'Hôtel Royal Monceau. Je requiers l'assistance de Bertrand mon « bras droit » à qui je demande de prendre sa voiture personnelle. Et une demi heure plus tard, après avoir fait mes adieux à Gibault, nous prenons la route de Genève. Je ne reverrai pas Paris avant sept ans.

J'ai, bien sûr, beaucoup réfléchi depuis le coup de fil de Szpiner, sur sa nature et sur son insistance. Ses informations étaient bonnes. D'où venaient-elles ? Pourquoi Pasqua, ministre de l'Intérieur, ne m'a-t-il pas prévenu de l'imminence d'une perquisition à Clichy ?

1. La loi sur la présomption d'innocence, dite loi Guigou, n'a été mise en application que le 1er janvier 2001.

Ce qui est sûr, c'est que je ne savais pas alors que Szpiner avait déjà intégré l'équipe qu'on appellera plus tard « le cabinet noir » de Chirac à l'Élysée. Quand Francis a-t-il été contacté ? À quel moment a-t-il accepté de me « traiter » et a-t-il été pleinement conscient de ce qu'il faisait ?

Dirigé par Dominique de Villepin, alors directeur de cabinet d'Alain Juppé, ministre des Affaires étrangères mais officieusement vrai directeur de la campagne de Chirac, ce groupe sera chargé de monter des coups et de parer ceux du camp de Balladur. C'est la politique...

Au cabinet de ce dernier, qui s'occupe des affaires de police ? Un « grand flic », que je connais bien, qui est venu à deux reprises au début des années 1980 chasser chez moi à Dabo, Olivier Foll. Il s'illustrera plus tard, lorsqu'il sera titulaire de la direction de la PJ parisienne, par son refus d'assister le juge Halphen dans sa perquisition chez les Tiberi. Foll sera promu par Chirac à sa sortie du cabinet de Balladur. Le deuxième... après Marland !

Le puzzle se met lentement en place. Un de mes proches est arrêté. On dramatise volontairement le contenu de son dossier judiciaire pour me faire peur. Cela annonce la perspective d'une arrestation et d'une mise en détention de Christel. L'affaire Maréchal a offert au « cabinet noir » un boulevard. Ils ont joué sur du velours.

Nous arrivons à Genève en fin de soirée. Nous nous installons à l'hôtel Richmond. Le surlendemain, Szpiner, comme promis, nous rejoint dans l'après-midi. Une réunion de « crise » s'y tient avec un avocat suisse, maître Warluzel, qui a des contacts à Londres et aux Bahamas. Entre-temps, j'ai appris ce qui s'est passé à Clichy.

Szpiner et les « valeurs de la droite »

J'avoue être tombé des nues, sept ans plus tard, quand le 15 mars 2002, je lis le gros titre du *Parisien* : « Le PS indispose les Français. ». Selon le journal, « l'avocat Francis Szpiner, un des conseillers personnels du chef de l'État, se prépare à être le candidat du RPR aux législatives dans la 6e circonscription de Saône-et-Loire. » Szpiner claironne : « Les attaques arrogantes et sectaires de Jospin ont définitivement réveillé le peuple de droite... Je souhaite d'abord être candidat pour défendre les valeurs de la droite et soutenir l'action de Jacques Chirac ».

L'avocat que Charles Pasqua qualifiait « d'homme de gauche » en décembre 1994 annonce publiquement sa mutation. Vingt ans plus tôt, Francis défendait le Programme commun avec les communistes, et moi j'en demandais la réforme.

Je ne pense pas avoir jamais revendiqué à Clichy d'être le candidat des « valeurs de la droite ».

Est-ce au contact de Villepin que ces « valeurs » lui sont devenues indispensables pour servir son ambition politique ?

J'ai revu Francis quelques jours après ma sortie de la Santé. Une connaissance commune nous a réunis place Saint-André-des-Arts et s'est éclipsée. Entretemps, dans *Le Monde* du 6 mars, je l'avais mis en cause en expliquant que son influence avait été décisive dans ma décision de partir et en utilisant pour la première fois le mot de « manipulation ».

Je lui exprime la stupeur qui s'est emparé de moi en prenant connaissance de mon dossier chez le juge Vandigenen. J'ai vu sur quelles pièces et sur quelles déclarations il avait endossé la responsabilité de nous embarquer dans une cavale de sept ans qu'il voulait, en février 2002, prolonger de trois mois.

Il plaide, sans me convaincre moi, ni lui-même. À plusieurs reprises l'émotion marque son visage et ses yeux s'embuent. Nous quittons le café et marchons à l'entrée de la rue Saint-André-des-Arts. Nous croisons un magistrat important, le président de la Chambre d'accusation de Paris, que Francis salue d'un respectueux « Monsieur le Président » à l'instant où je lui redis qu'il n'a cessé d'être manipulé par ses amis du « cabinet noir ». Ils ont cyniquement joué avec ma vie. Ils m'ont sacrifié sereinement pour abattre Balladur.

Je le regarde bien en face :

— Francis, ne fais pas à ton tour la même erreur. Réveille-toi. On t'utilise sans vergogne. Tu as obtenu la Légion d'Honneur à titre exceptionnel en juillet 1995, mais pour eux tu seras toujours le fils d'un épicier juif polonais. Et si tu es candidat en Saône-et-Loire contre la volonté de Dominique Perben[1], il se baladera dans les campagnes en disant à ses ouailles conservatrices :

1. Ancien ministre du gouvernement Juppé, homme fort de la Saône-et-Loire pour la droite.

— Il est bien, ce Szpiner. Certes, c'est un parachuté de Paris. Il est intelligent. Mais, au fait, d'où vient-il ?

En le quittant, je m'en veux d'avoir été si cruel avec lui. Mais il a une dette envers moi. Une dette énorme.

Dernière perquisition

Je n'ai pas oublié que le vendredi 10 février 1995, l'équipe de la Financière attachée à Halphen s'est présentée dès neuf heures du matin à ma permanence, sous la conduite de l'inévitable Poirrier. C'est un comble. Les deux juges ont confié leur enquête aux policiers qui, depuis dix-huit mois, ne quittent plus Halphen.

Les hommes investissent les lieux. Aux Français qui se plaignent de la lenteur des services judiciaires, je signale qu'une perquisition en exécution d'un réquisitoire obtenu la veille au soir, c'est assez rare. Au même moment, un déploiement de « messieurs en civil » peu discrets alerte l'attention de nombreux Clichois. Devant mon domicile, à l'intérieur même de l'immeuble et aux alentours, ils stationnent ou déambulent. Une vraie rafle. Quel est donc le dangereux personnage qu'ils recherchent ?

Le crime de Christel ? Des publicités parues dans un organe de presse politique, distribué à 30 000 exemplaires. Mais *Le Clichois*, c'est le journal qui me soutient, et Christel Delaval est ma compagne.

Les militants présents à la permanence apprennent

aux policiers que nous sommes partis pour nous reposer. Qu'importe. Leur agitation ne faiblit pas. Vers 18 heures, rassemblement général. Ils quittent la rue Villeneuve et se regroupent devant mon immeuble. Ils investissent l'étage où se trouve mon appartement. Devant la menace de faire sauter la porte palière, la jeune femme qui travaille pour Christel et garde les enfants, leur ouvre. Les policiers ont du mal à trouver un voisin qui accepte de servir de témoin pour leur perquisition. Ils sont obligés d'en réquisitionner un. La fouille commence, elle ne vise pas que Christel, je suis aussi concerné.

Un correspondant aurait révélé, grâce à un coup de fil anonyme, que je continue d'être payé par l'OPDHLM 92, alors que je n'y travaille plus. Il y aurait détournement de fonds publics.

L'équipe du juge est bien renseignée. Depuis mon élection au Conseil général des Hauts-de-Seine, j'ai quitté l'Office. Non qu'il y ait eu incompatibilité entre mes fonctions de directeur général et de conseiller général, mais pour des raisons d'éthique : il ne me semblait pas normal de voter les subventions de l'Office départemental. Si je suis encore, en février 1995, payé par l'Office, c'est parce que le ministère de l'Équipement dont je dépends n'a pas, à la date de ma démission, de poste budgétaire disponible pour un administrateur civil. Le statut des fonctionnaires est limpide sur ce point : l'administration où le fonctionnaire a travaillé dans sa dernière affectation continue à le salarier. La loi s'applique à tous. Les juges et les policiers ne sont pas censés l'ignorer.

Pendant sa perquisition, la police trouve mes bulletins de salaire. Elle déniche aussi une lettre du ministre de l'Équipement qui explique ma situation.

Cette perquisition sera déterminante car elle prouve à mes yeux que Francis disait vrai. Plus grave, elle est suivie par la publication d'un article de *VSD* qui renforce l'impression de persécution judiciaire : « Ce que les juges ont trouvé chez Didier Schuller ».

« Schuller n'envisage pas d'être présent. Il sait que le procureur de la République de Créteil risque fort de demander sa mise en examen et son incarcération immédiate pour détournements de fonds publics. Un mandat d'amener doit être délivré dans ce sens, ce vendredi, contre Didier Schuller. Car les six heures de perquisition ont permis de montrer que Schuller a touché indûment 320 000 francs. Les bulletins de paie saisis l'attestent. Pour le tribunal de Créteil, il s'agit bien d'un détournement de fonds publics, passible d'une peine de dix ans de réclusion criminelle Une première en France... »

Fonctionnaire depuis vingt-sept ans, on tente de me faire passer pour un malfaiteur parce que je touche mon traitement mensuel !

Pour Francis, c'est clair, il faut partir :

— Vous n'avez rien à attendre des juges [1].

Je dîne avec lui en compagnie d'un homme d'af-

1. Lorsque je quitte la France, il n'existe aucune mesure de contrainte judiciaire qui serait de nature à m'en empêcher. Contrairement à l'idée reçue, je n'ai pas fui la justice. Ce n'est que cinq mois plus tard qu'un mandat sera délivré à mon encontre.

faires qui passe des contrats en Afrique. Francis me signale qu'il appartient aux « services ». Son ami me dit avoir consulté un « marabout » au Congo qui lui a montré une photo de moi parue dans un journal. L'oracle est formel : je dois filer au plus vite car je suis en danger de mort. Je me moque de sa crédulité. Il se fâche presque :

— Les marabouts ont toujours raison.

— Eh bien, c'est gai !

Nous rejoignons Londres. J'y consulte un avocat spécialiste des Droits de l'homme. Il ne peut pas me garantir une protection certaine en Grande-Bretagne. Selon lui, les Bahamas sont plus sûres. Nous cédons sans enthousiasme. Comme dans mon esprit il s'agit de tenir jusqu'à l'élection présidentielle, c'est à dire trois mois, un séjour dans les Caraïbes me semble acceptable.

Le lendemain, nous récupérons les enfants et embarquons sur American Airlines, à destination de Miami. De là, avec un bi-turbo propulseur nous gagnons Nassau où nous arrivons à la nuit tombée.

Le mari d'une avocate nous attend. Il nous emmène à Paradise Island dans un très bel hôtel, l'Ocean Club. Nous y restons quelques jours. Le lendemain matin je pars avec mes filles à la plage. Le sable est blanc, l'eau bleu azuré. Daphné se lie d'amitié avec une enfant de son âge. Elle est française. Son père nous rejoint. Il me regarde fixement et me dit :

— Bonjour, monsieur Schuller. Vous êtes bien Didier Schuller ? Beau début de cavale !

Devant ma mine stupéfaite, il ajoute :

— Je suis le fils du représentant de la Compagnie de votre beau-père pour la région parisienne. J'étais invité à votre mariage en 1972.

Il me présente son épouse. Ils sauront garder le secret le plus absolu.

Deux jours plus tard, je suis interpellé au bar de l'hôtel par un promoteur immobilier important. Intime de Chirac et de Balkany, il sera discret. Une semaine encore après, alors que nous venons de signer la location d'une maison pour trois mois, je retrouve dans un restaurant de poissons sur le port de Nassau un de mes plus vieux amis, le second gendre d'Edgar Faure, Edgar Oppenheimer. Nous passions ensemble une grande partie de nos vacances en Suisse, à Saint-Moritz, dans les années 1970. Nassau est une annexe de Paris.

Il est temps de changer de look. Je décide de me laisser pousser la barbe pour protéger mon anonymat. Notre installation à Nassau se déroule normalement. Nous obtenons un permis de résidence renouvelable et inscrivons les enfants dans une des meilleures écoles du coin. Nous recrutons une cuisinière-bonne à tout faire qui ressemble à la gouvernante de l'héroïne d'*Autant en emporte le vent*. Shirley nous sera fidèle pendant notre séjour aux Bahamas.

UNE CAGE DORÉE

Plus de huit cents îles composent l'archipel des Bahamas. De nombreux aéroports privés, dont certains furent construits par les « drug dealers » dans les années 80, permettent de sillonner la région. Il faut posséder (ou louer, ou se faire prêter) un monomoteur. Au nord, la Floride n'est qu'à deux heures d'avion. Au sud, la République dominicaine est à cinq heures de Nassau.

Partout s'étendent des langues de terre, dont les plages de sable blanc sont bordées d'eaux turquoise transparentes. Elles sont conformes aux publicités qui aguichent dans le métro, en hiver, les pauvres Parisiens.

Mais l'absence de relief et de rivières, la végétation limitée dans ses espèces, la population sans charme véritable, donnent vite aux résidents étrangers l'impression de vivre dans un monde clos. Au bout de trois semaines le paradis tropical se transforme en cage dorée. Tout ce qui gravite autour des banques et de la finance se regroupe à Nassau, une île de vingt-cinq kilomètres de long sur cinq kilomètres de large. L'accumulation des activités économiques y a importé les nuisances de la concentration urbaine : embouteillages démentiels aux heures de bureau, délinquance galopante, pollution.

À l'est de la ville s'étendent sur plusieurs kilomètres des propriétés magnifiques, noyées dans la verdure tropicale et gardées par des vigiles et des chiens. À l'ouest, dans un ghetto pour milliardaires, protégé par un mur d'enceinte et une sécurité digne des James Bond, on aperçoit autour d'un golf privé et d'un port pour yachts géants, des dizaines de maisons hollywoodiennes. La moins chère doit coûter près de deux millions de dollars, la plus somptueuse une trentaine. C'est ici que Sean Connery a une résidence. Tout y est artificiel, sans âme. Aucune vie artistique ou intellectuelle. Juste de l'argent, des tonnes d'argent.

Face à Nassau, de l'autre côté d'un bras de mer qu'enjambe un double pont, s'étale Paradise Island, une île de trois kilomètres sur six cents mètres de large. Le milliardaire sud-africain Sol Kestner a implanté l'un des complexes hôteliers les plus luxueux du monde, autour d'une marina et d'un casino digne de Las Vegas pour que des centaines de milliers de touristes, nord-américains surtout, brûlent rageusement leurs dollars. Un golf extraordinaire y a été récemment reconstruit. Un aquarium géant, en partie à ciel ouvert, abrite toutes les espèces de poissons tropicaux, requins compris.

Charmants requins

Il est presque impossible de plonger aux Bahamas sans rencontrer un de ces charmants animaux. Ils sont tous là : mako, reef shark, requin taureau, requin marteau, y compris le pacifique nurse shark. Seul manque à l'appel le grand blanc. Si vous décidez de pêcher des langoustes ou des mérous, qui se faufilent entre les récifs de corail de l'archipel, vous êtes certain de vous trouver nez à nez avec un squale.

La fréquentation assidue des cabinets ministériels et du Parlement de 1972 à 1981, puis mes activités politiques entre 1988 et 1995, m'ont préparé à ce type de rencontres. Pour tout dire, le requin des Bahamas me paraît plus pacifique et plus digne que le politicien ordinaire. Le seul acte hostile d'un requin contre moi en trois ans de plongée a été l'attaque d'un jeune reef shark. Nous avions plongé, avec Patrick, un briscard des Caraïbes, au large d'une île du nord des Bahamas. À cinquante mètres du bateau, couché sur le sable, caché par deux rochers de corail aux couleurs mordorées, sommeillait un gros nurse shark. Face à son museau, un mérou grappillait de la nourriture. Patrick, sans me consulter ni se préoccuper de la présence du fauve marin, arma son harpon hawaïen. Le poisson empalé par la flèche se débattit contre le fond marin. Le nurse shark, réveillé, s'éloigna lentement. Je sentis confusément une ombre au-dessus de moi. Surgissant de nulle part, un requin de moins de deux mètres se précipitait sur le poisson, nous bousculant sous l'eau. Nous remontâmes en catastrophe vers le bateau, abandonnant la flèche et notre pêche.

Il m'arrive aujourd'hui, devant le spectacle de quelques-uns de mes anciens amis politiques, de le comparer à cette scène de chasse sous-marine. Je préfère le requin des Bahamas au Devedjian des Hauts-de-Seine !

Entre février 1995 et novembre 1997, nous vivons à Nassau. Christel travaille comme assistante pour un groupe financier international qui ne connaît pas sa véritable identité.

Après mes exploits de pêcheur, je m'initie au golf. J'ai, ma vie durant, observé avec étonnement les pratiquants de ce « sport ». Je le croyais réservé aux parvenus. Jugement hâtif d'un passionné de chasse pour qui les greens ne sont qu'une approche snob de la marche dans la nature. N'ayant pas le choix, je me suis retrouvé un matin sur le practice de Paradise Island. Il s'étend à la pointe de l'île. Dans un paysage tropical enchanteur des oiseaux aquatiques survolent les étangs qui jalonnent le parcours.

Au bout de quelques leçons, je me décide à arpenter les dix-huit trous. Débutant, j'appréhende d'accompagner des joueurs plus expérimentés, de crainte de les lasser avec mes coups imprécis et mes balles égarées. Le « starter » me confie à un monsieur d'une soixantaine d'années. Barbe poivre et sel de capitaine au long cours, doté d'un léger accent italien, il parle parfaitement le français.

Une demi-heure passe. Nous évoquons déjà l'action héroïque de Garibaldi et les méfaits de Mussolini.

Maurizio m'explique que son père, officier de la marine marchande, mobilisé pendant la Seconde

Guerre mondiale, a été torpillé par la Royal Navy et a disparu.

J'en profite pour lui révéler que si ma mère a survécu à la chasse aux juifs pendant l'Occupation, elle le doit à un Italien.

— Comment cela ? me dit-il.

Son regard d'émeraude brille de curiosité.

— Après l'arrivée de Darnand en 1944 au ministère de l'Intérieur, le sort des juifs français va empirer. Ma mère, qui a vécu sans problème depuis juillet 1940 tout en s'étant déclarée à la mairie du XVIe, selon la loi de Vichy, décide en février 1944 de se cacher avec mon frère et mes deux sœurs à Bourg-la-Reine. Elle habite la villa d'un membre de la famille par alliance. Un Italien. Il a épousé la sœur de ma tante Maggy.

— Comment s'appelait-t-il ?

— Morelli...

Il sursaute.

— D'où venait-il ?

— De Marina de Carrare.

— Didier, Morelli était mon cousin germain.

Nous tombons dans les bras l'un de l'autre.

Maurizio va devenir un de me plus fidèles amis. Il m'initie à la « vraie » cuisine italienne.

Il est banquier « par obligation ». Sa vraie passion, c'est de mijoter des petits plats. Le chianti aidant, il ne peut servir ses merveilles sans les accompagner de commentaires :

— Goûtez à ces macaronis, mes amis. Ce n'est pas Chirac qui mange ça ce soir !

Ou encore :

— Reprenez de ce bœuf à la sicilienne[1], sinon je le donne à Balladur !

Ces années heureuses ont une fin brutale. Nous sommes trahis en octobre 1997 par une amie de Christel. Pour des raisons obscures, elle révèle notre présence à Nassau à une journaliste du *Nouvel Observateur*. Il faut quitter les Bahamas.

Depuis 1995, nous allons souvent à Saint-Domingue où nous avons acquis la résidence légale. La qualité de nos relations dans la société dominicaine, les opportunités que nous y avons développées nous font choisir ce beau pays comme terre d'accueil.

Au moment du départ, il est temps de rendre hommage à tous nos amis qui nous ont entourés, protégés, assistés dans ces trois premières années d'exil. Le lecteur comprendra qu'un anonymat s'impose encore aujourd'hui et que je me limite aux prénoms. David, Francesca, Hans et Eva, Roger et Isabel, Patrick et Rosa, Cousin Maurizio, nous ne vous oublierons jamais.

---

1. Recette du bœuf à la sicilienne : Prendre des escalopes de bœuf bien plates. Saler. Poivrer. Saupoudrer la viande d'ail, de persil et de parmesan hachés. Rouler la viande en paupiettes. Les faire saisir à la poêle. Faire cuire pendant une demi-heure une sauce tomate classique (tomates pelées, oignons, herbes aromatiques). Rajouter un bon quart de litre de chianti. Mettre à cuire les paupiettes dans la sauce à feu doux. Après trois heures de cuisson, servir et déguster.

UN PARADIS TROPICAL

L'on me pardonnera d'être bref. Les plus belles déclarations d'amour sont les plus courtes. Je ne décrirai pas ce beau pays, de la taille de la Suisse, proche d'Haïti.

Le Créateur a tout donné à cette île découverte par Christophe Colomb en 1492 : des rivières, des forêts, des terres agricoles, des pâturages, des rivages de sable blanc, une mer translucide, des cascades d'eau glacée et des déserts.

La République dominicaine est autosuffisante en agriculture. Le tourisme et les industries des zones franches procurent à la population des ressources importantes, augmentées par des envois de capitaux de la communauté dominicaine à l'étranger. Le revenu moyen est de 2 500 US dollars par an, soit dix fois plus que celui du pays voisin où les Haïtiens ont détruit une bonne partie de leur environnement.

C'est une nation en « émergence » qui a connu ces dernières années une véritable explosion économique.

La capitale, Saint-Domingue, regroupe plus de

trois millions d'habitants. L'élite est riche et cultivée. Bien sûr, la fracture sociale l'isole. Malgré le développement d'une classe moyenne qui s'enrichit à son tour, la misère est à quelques mètres des villas patriciennes qui exhibent leurs colonnades en marbre. Des piscines somptueuses jouxtent des taudis où s'entassent des milliers de déclassés.

Le gouvernement dominicain du président Hippolite Meija et de la vice-présidente Milogros Ortiz Bosch, est social-démocrate. Il s'appuie sur le parti réformiste du vieux leader conservateur Ballaguer.

Le principal problème reste le taux de naissance trop élevé dans un pays où le poids de l'Église catholique est décisif.

Nous avons passé à Saint-Domingue les quatre années les plus heureuses de notre vie. Ma fille Lauren nous y rejoint deux fois par an. Elle aime cette terre comme nous l'aimons.

Nous avons la chance d'être entourés d'amis fidèles et attentionnés. Certains ont lutté contre la sanglante dictature de Trujillo. Leurs familles furent martyrisées. Ils savent la valeur du mot « résistance ».

Ceux qui connaissent notre identité se surpassent mais les autres aussi, qui l'ignorent[1], se sont comportés magnifiquement au moment de notre dénonciation par Antoine. Peu après la révélation

1. Parmi les « profanes » figurait l'ambassadeur de France que j'ai du croiser une quarantaine de fois dans des réceptions, des premières au Théâtre national et des restaurants. Dieu merci, il quittera Saint-Domingue avant mon départ pour être nommé numéro 3 de la DGSE (service secret français !).

dans la presse française de notre lieu de séjour, les journaux dominicains s'emparent à leur tour de l'affaire. Pendant plus de dix jours, ils vont titrer sur le Français exilé chez eux.

Il faut protéger nos enfants. Nous les retirons de l'école.

Le matin suivant, son directeur explique aux élèves présents que leurs petites camarades seront absentes quelque temps. Tous les enfants, qui connaissent notre situation, se mettent à pleurer.

Daphné et Clara resteront en « République » pour terminer leurs études. Si elles le souhaitent, elles y vivront en Dominicaines d'origine française. Et nous serons auprès d'elles.

ANTOINE, MON FILS

La France entière est choquée par la façon dont mon fils Antoine intervient dans le déroulement de mon exil. Sa dénonciation par voie de presse de notre établissement à Saint-Domingue n'est déjà pas banale. Mais son agressivité, l'hostilité maladive qu'il manifeste, non seulement à mon égard mais aussi contre sa sœur Lauren (il dénonce à la police son intention de nous retrouver pour Noël à Saint-Domingue, ajoutant qu'elle emporte avec elle de l'argent liquide) pétrifie le public.

Le plaisir qu'il paraît prendre à son acte de délation, sa façon de se complaire dans son rôle d'imprécateur est une forme d'automutilation et, peut-être, de révolte dévoyée.

Je repense à un des plus terribles moments de mon passage à la Santé, au début de mon incarcération. Antoine parle sur une chaîne de télévision. Comme une poupée de ventriloque, il débite un tissu d'invectives. Lorsqu'il se tait, toute la prison se met à vibrer. Les portes résonnent. Des centaines de détenus scandent en chœur : « Schuller, Schuller, ton fils est une balance ! »

Comment leur répondre ? Puis-je me mettre à crier à mon tour : « Antoine est mon fils ! J'aime Antoine. C'est pas une balance. L'Antoine que vous venez d'entendre n'est pas Antoine. »

C'est un pauvre gosse pris en main par des spécialistes de la manipulation mentale. Ils l'ont certainement intoxiqué, décérébré, remonté et fanatisé. Ils ont transformé mon fils en robot. Ils le trimbalent d'une émission à l'autre, d'une interview à une séance de photos, comme un animal de foire, pour baver sur son père.

Quels sont les mobiles de Cotten et de ses acolytes ? L'individu est connu des services de police pour son action permanente en faveur des sectes[1]. Il est habitué aux dénonciations. Lorsque Antoine pique des photos de famille dans la chambre de sa sœur Lauren et les vend à *Paris Match*, où va l'argent ? Qui en profite ?

Ce qui est sûr, puisque Bernard Nicolas de Canal Plus me l'a confirmé, c'est qu'Antoine, lorsqu'il l'a rencontré, était accompagné de Cotten et d'un avocat qui a demandé un paiement en échange de l'interview qu'ils firent avec ma voix enregistrée répondant à Antoine de Saint-Domingue. Canal Plus refusera de payer.

Comment Antoine a-t-il pu se laisser séduire par cette bande ? Comment a-t-il pu se confier à un tel

---

1. Il est un des dirigeants de l'« Omnium des libertés » rassemblant des mouvements pour la protection des sectes.

individu ? Le prendre comme gourou ? Pourquoi accepte-t-il de devenir un pion dans le jeu compliqué que Marie Laforêt mène sans relâche contre son ex-mari Éric de Lavandeyra ?

Comment n'est-il pas saisi d'effroi, comme l'ensemble des téléspectateurs, lorsqu'elle pète littéralement les plombs dans l'émission d'Ardisson ?

Ce n'est plus Antoine, l'Antoine que nous aimons.

Et il y a l'histoire de Diego, un vrai *Dallas*. Tous les ingrédients sont réunis. De l'argent, beaucoup d'argent. Le fils de famille paumé, Diego de Lavandeyra, a hérité d'une fortune importante. Elle lui vient de sa mère, née Hennessy. Le jeune homme de vingt-sept ans est marqué par des problèmes de santé tragiques. Il est atteint d'une maladie dont on n'aime pas prononcer le nom. Elle porte en elle la perspective accélérée de cette mort que nous portons en nous. Cette longue maladie, qu'il vaincra, laisse Diego transformé. Persuadé de n'avoir qu'un répit, il va brûler la vie, chaque jour, à chaque instant.

Il vient à Saint-Domingue pendant plusieurs mois. Il use et abuse de tout ce qui peut le mettre en péril. À ses côtés, Antoine est le Sancho Pança d'un Don Quichotte abusif, qui utilise son argent avec une perversion extrême. Antoine a pour rôle de distraire Diego, de l'empêcher de penser à une femme qu'il a laissée en Suisse. Drôle de fille, un peu plus âgée que Diego, au passé difficile, issue d'une famille socialement modeste... Elle a bourlingué et flirté avec la mort. Elle porte en elle ce que Diego n'a jamais rencontré dans son cocon familial : la nécessité de joindre les deux bouts.

Le père de Diego et moi sommes consternés devant l'influence qu'elle a sur ce grand dadais blasé et en même temps écorché vif.

Lorsque je m'aperçois de la descente aux Enfers des deux garçons, je leur suggère de changer d'air. Ils partent pour Miami. Les mêmes excès reprennent, mais Antoine rencontre une jeune psychologue. Elle prend bientôt le contrôle de mon fils. Elle joue un rôle ambigu : positif, car elle le persuade de cesser la consommation de certains produits, négatif parce qu'elle ne cherche pas à le pousser à se reprendre. Elle provoque aussi la rupture entre Antoine et Diego. Lassé, celui-ci retourne en Suisse pour retrouver son amie.

Antoine reste seul en Floride. Il n'a plus d'argent. Ni sa mère, ni moi-même ne souhaitons entretenir le couple qu'Antoine veut former avec sa nouvelle compagne. Celle-ci est sans emploi fixe, sans fortune personnelle. Après quelques semaines de galère, Antoine la quitte. Il rejoint Diego.

Lorsque mon ami Éric convainc son fils de se faire hospitaliser, en septembre 2001, Antoine est sur le sable. Éric lui suggère de rentrer à Paris, chez sa mère. Ce qui signifie travailler. Toujours mû par la recherche de la facilité, Antoine traverse le palier de l'immeuble genevois. Il trouve le confort de l'appartement de Marie Laforêt.

Elle attend l'arme qui lui permettra d'attaquer son mari dans leur procès de divorce. Antoine tombe à pic. Le reste du feuilleton, nous le connaissons, y compris l'expulsion d'Antoine de l'appartement le 14 mars 2002. Marie Laforêt n'a plus besoin de lui :

elle vient de perdre ses deux procès en divorce contre Éric. Antoine n'est plus pour elle qu'un fruit pressé jusqu'à l'écorce !

À ce point de mon récit, je voudrais que le lecteur me pardonne d'avoir un réflexe de pudeur qui m'empêche d'aller plus avant dans l'explication des faiblesses de mon fils, de ses excès passés et sans doute présents.

J'assume ma propre culpabilité. Celle d'un père trop lointain, trop occupé, partagé entre son travail, la politique, la chasse et sa vie personnelle. Celle d'un homme qui quitte la mère d'Antoine et recrée un autre foyer avec d'autres enfants. Celle d'un homme qui voulait un fils à son image, diplômé, ambitieux, cynique peut-être... et qui a rejeté celui qui ne correspondait en rien à ses espérances.

Je suis rentré en France pour reprendre la situation en main. Comme citoyen, comme chef de famille.

Si Antoine lit ces lignes, qu'il sache qu'un jour de 1981, à Cancun, au Mexique, j'ai été pris par un violent courant marin. Je ne pouvais plus regagner le rivage. Les vagues m'engloutissaient. Je me suis senti partir et c'était presque enivrant. Je me laissais noyer, j'allais mourir. Soudain j'ai pensé à Antoine. En un éclair, j'ai trouvé la force qui m'a fait lutter quelques secondes de plus et permis de sentir du sable sous mes pieds. En mobilisant mes dernières forces, à demi évanoui, je me suis jeté sur le rivage.

Ce jour-là, Antoine, sans le savoir, m'a sauvé.

Lorsque ma fille Clara s'est accrochée à moi au moment de mon départ de Saint-Domingue, elle pleurait, elle gémissait. Nous n'avons pas voulu lui cacher la vérité. Je partais, nous serions séparés pour de longs mois et je risquais d'aller en prison. Ses yeux noirs remplis de larmes, elle m'a dit :

— Papa, je veux tuer Antoine.

Je lui ai répondu :

— Non n'en veux pas à ton frère. Ce n'est pas lui qui a fait ça. Antoine a été envoûté. L'Antoine que nous aimons n'est plus là, mais il reviendra. C'est pourquoi je pars le chercher.

JE REVIENS

La soirée du 4 février est un défilé permanent dans la maison de mon ami l'avocat Froïlan Tavarès, ambassadeur itinérant du président de la République dominicaine. Nous recevons ceux et celles qui nous ont accueillis et protégés depuis notre arrivée en République dominicaine. Les participants à ces adieux connaissent notre véritable identité depuis 1995. Médecins, avocats, chefs d'entreprise ou politiciens, ils sont tous là, émus et fraternels.

Dans un pays où le financement politique – identique en cela à celui de la France d'avant 1995 – provient en majeure partie des entreprises qui « investissent » sur tel ou tel candidat, les accusations portées contre nous par la justice française leur ont semblé dérisoires.

Ce soir, personne ne masque sa peine. Des larmes, des accolades. Je sais que je peux laisser Christel et nos filles. Elles sont dans de bonnes mains.

C'est l'heure du départ. Les derniers visiteurs ont pris congé. Le magistrat ami qui s'est mobilisé depuis deux semaines pour m'accompagner et superviser les conditions de mon départ, me quitte et se dirige vers l'une des voitures qui m'accompagneront à l'aéroport.

J'embrasse une dernière fois mes enfants et leur mère. Je m'efforce de contenir mes sanglots. Jacques Dartout, vieux briscard des Caraïbes qui m'a toujours soutenu, m'accompagne. Il pleure comme un enfant.

Je monte dans une Jeep et nous démarrons à vive allure.

Au péage de l'autoroute, avant la bifurcation qui conduit à l'aéroport, le véhicule du chargé d'affaires de l'ambassade de France nous attend. Il roule avec nous jusqu'à une entrée discrète, ce qui nous permet d'atteindre une petite salle, en dessous de l'accès à l'avion d'Air France.

À l'intérieur de l'aérogare, une trentaine de journalistes français, pressentant mon départ, ont réservé leur place sur le vol pour Paris. Lorsque les passagers sont embarqués, constatant mon absence, certains d'entre eux, bien qu'ils aient passé les formalités de douane et d'immigration, décident de rester. Pour eux, mon retour est reporté au lendemain.

L'avion enfin rempli, ses portes se referment et il entame sa progression sur le tarmac.

Nous le voyons rouler devant les vitres du bâtiment où notre convoi nous a déposés. Il se déplace de cent mètres environ, puis s'immobilise. C'est alors que nous devons le rejoindre. Les journalistes qui ont renoncé à embarquer aperçoivent les voitures stationnées au pied du terminal. Ils comprennent l'astuce et, au mépris des règles de sécurité, descendent sur la piste, courent vers l'avion immobilisé pour remonter à bord. Une bagarre s'ensuit avec les forces de sécurité dominicaines, ce qui retarde le décollage d'un quart d'heure.

L'ambassadeur et moi-même grimpons dans un véhicule qui nous emmène à l'avion. Par une échelle de secours posée contre le flanc de l'appareil, je pénètre pour la première fois depuis sept ans dans un espace qui est déjà un peu la France.

Nous traversons des rangées de touristes à bout de nerfs puis nous montons au premier étage de l'appareil où deux sièges de classe « Alizé » (et non pas « Affaires » !) ont été réservés. Lorsque l'avion se stabilise à son altitude de croisière, commence le défilé des journalistes et des photographes.

Je dors peu pendant le voyage. Je préfère parcourir la presse ou bavarder avec l'équipage d'Air France.

À l'aube, je reviens des toilettes lorsqu'un homme se lève de son siège. Il me prend par les épaules et me dit :

— J'étais un ami de Jean-Claude Méry. Il est mort d'un drôle de cancer... Faites attention à ce que vous mangerez.

Je regagne ma place, bouleversé par cette rencontre inopinée et par l'avertissement que me lance cet inconnu.

Le jour est levé depuis longtemps lorsque le sol de France apparaît. Après un atterrissage en douceur, le long courrier glisse sur les pistes de Roissy-Charles de Gaulle.

À peine l'avion immobilisé, une escouade de fonctionnaires de police, en civil et en uniforme, pénètre dans la carlingue. Je me suis préparé à sortir le premier. L'un d'entre eux m'aide à porter mes sacs de vêtements puisque nous n'avons rien enregistré. Je fais mes adieux à l'équipage et à mon ami Tovarès. Il a tenu à m'accompagner jusqu'à Paris.

Sous bonne escorte, je me retrouve dans le couloir d'accès à la salle de débarquement. Des uniformes partout. Quelle mobilisation pour un homme qui retourne volontairement dans son pays après sept ans d'exil ! Une haie de policiers de la PAF[1] a été mise en place dans le satellite où nous pénétrons.

Direction le bureau de leur supérieur. Un membre de la police judiciaire me signifie officiellement mon arrestation, en application du mandat du juge Vandigenen.

Les formalités de signification des actes durent une quarantaine de minutes. Nous retournons dans la salle d'embarquement. Par un escalier dérobé nous accédons au cortège de véhicules qui, précédé de motards, nous conduit à Créteil. Les journalistes qui guettent mon débarquement en sont pour leurs frais.

Je bavarde avec les commissaires de la Brigade financière qui m'escortent dans la Renault Espace jusqu'au tribunal. J'en profite pour leur reprocher d'avoir limité leur enquête à ma seule personne. Et je leur pose la question qui me brûle les lèvres depuis longtemps :

— Que s'est-il passé à l'Office des HLM des Hauts-de-Seine depuis 1995 ? Où en sont les marchés publics ? Et les entrepreneurs ? Sont-ils les mêmes ?

1. Police de l'Air et des Frontières.

ÉPILOGUE

Le convoi pénètre en trombe dans l'enceinte du Palais de Justice de Créteil. Tout autour sont postés des dizaines de journalistes et de photographes. Ils mitraillent nos voitures des flashes de leurs appareils.

Un rideau de fer s'abat sur l'entrée du garage de la « souricière ». Je quitte les fonctionnaires de la Police Judiciaire. Je pénètre par un sas dans un local ou un agent de la police nationale, massif, au visage peu amène, m'aboie :

— Déclinez votre identité... Signez ce registre... Déshabillez-vous entièrement...

Je me sépare de ma montre, de ma cravate, de ma ceinture et de mes boutons de manchette. On m'enferme dans une cellule.

Je prends conscience que je viens de perdre ma liberté. Je m'y étais préparé après ma décision de rentrée. Mon remède immédiat à l'angoisse ? Ma fille, Lauren, avec qui nous avions évoqué cet instant. Elle m'avait dit : — Papa, je sais que tu seras courageux.

Visiblement, j'ai été isolé de tout voisinage. Aucun bruit, aucune présence humaine, juste l'odeur pénétrante de l'urine qui imprègne ce réduit doté de toilettes à la turque et d'un banc de béton dont la propreté ne prête guère à la sieste.

Les murs sont illustrés, comme les grottes de Lascaux, de fresques anonymes qui se veulent licencieuses, accompagnées de graffiti obscènes, rédigés dans un français approximatif. Le tout tracé avec la matière la plus élémentaire produite par l'être humain.

Le gardien qui m'avait reçu entre dans mon cachot.

— Monsieur Schuller, pardonnez mon accueil, mais je ne souhaitais pas être accusé de favoritisme. Que voulez-vous ? Du coca, un sandwich, du papier toilette ?

Son geste d'humanité me touche. Quarante-cinq minutes plus tard, deux de ses collègues me sortent pour me conduire au Palais de Justice. Ils me menottent.

— C'est la règle, hélas, monsieur.

Ils ne me libéreront qu'à l'entrée du bureau du juge Vandigenen.

Mon avocat, Maître Jean-Marie Fedida m'a rejoint. Nous pénétrons ensemble chez le magistrat.

Je suis arrivé.

Table

Cet ouvrage a été réalisé par

FIRMIN DIDOT

GROUPE CPI

Mesnil-sur-l'Estrée

pour le compte des Éditions Flammarion
en mars 2002

Imprimé en France
Dépôt légal : avril 2002
N° d'édition : FF 836201 – N° d'impression : 59203